JN119314

星ひとつ

藤原伸久

風媒社

星ひとつ

Ｍａｙｂｅ！　私　多分　生きてます
突然来たメールに時間が無限大に静止してしまった。

はるかに高い晩秋の空に真っ白い積み雲のカケラが、陽の光を穏やかに照り返して流れていた。

病院の山手の坂の向こうの青信号がせわしげに点滅している。足を早めようとして、ふと思いとどまった。次まで待てばいい。慌てることなど何ひとつない。時間(とき)はまだあるのだから。

秋アカネがゆるく群れ飛んでいる。季節のうつろいは目に見えるほど確かだけれど、いたってあやふやにおこなわれる。冬はすぐそこまで来ていたが、まだそここに秋は散らばっている。陽射しも力強く、何よりもまっすぐだ。秋の座っていた席をいきなり蹴り倒す横着さは冬という季節にはないらしい。じわじわととって変わり、ある日突然、人はそこいら中に冬の顔を見つけるのだ。驚きを持って景色を眺める人々の心にひときれの感傷と覚悟とあきらめが芽吹く。それは全く初めて老いに気づいた人間の嘆きに近い。

いくつになったら人は年寄りと呼ばれるようになるのだろう。四十三ではちょっと早すぎる。中年のオジサンには違いないが老人というにははちと早い。まあ二十歳（はたち）の若者に比べたら年寄りであることは確かだろう。

そこまで考えたら笑えてきた。二十代の時は四十になった自分の姿なんて思い描きもできなかった。

信号が再び青に変わる。一歩、歩道から足を踏み出す。

不意に胸の動悸が乱れた。息が詰まりそうになったが、かまわず歩道を渡り切った。息が少し上がっている。歩道の端の桜の木の幹に体をもたせかけ嵐が去るのをじっと待つ。動悸の乱れは十秒ほど続いた。ちょっとだけ冷や汗も出た。たまらずしゃがみ込んだ。桜の幹にコケが生えていて掌がゴワゴワした。感触に覚えがあった。永い間体の奥底に埋ずもれていた感覚が溢れてくる。ずっと先に光を宿した空が見える。息苦しさに胸を押さえながら見上げた空は斜めにゆがんでいる。

光ははすかいにおりて来る。次から次に際限もなく降って来る。

苦しいけれど心はさほど乱れもしない。

目を閉じているのに光が瞳を貫いて頭のうしろに過ぎ去ってゆくのが見えた。鮮やかな光の束だ。

「真昼の星はどこにもないよ」

どこかで声が聞こえる。忘れようとして忘れきれなかった声だ。――違うさ、星はちゃんとある、そこにあるじゃないか――答えようとして声にならなかった。聞こえてくる声は、やや低いトーンで、感情を内に秘めた静かな言いまわしだった。寂しいといえば少し寂しい。

気持ちが宙をさまよい始める。何か話さなければと焦るが、そう思えば思うほど言葉は胸に押し込められてゆく。

「何を夢見てたの」

もう一度声が問いかけてくる。優しすぎる声だった。

積雲の影が流れ、歩道と桜の木がかげってゆく。落葉はカサコソと乾いた音をたて、遠くまで風に運ばれてゆくのだった――。

一、Ｍａｙｂｅ　ひかりの章

そのメールが突然届いたのは、ふた月前の九月二十八日の朝早くだった。暑さがやっと柔らいだ日曜日のことだ。細かい霧みたいな雨が駅前通りを音もなく漂っていた。

駐車場に車を止め、五十メートル程離れた登山用品専門店ジャンダルムまで歩く。店と駐車場を往復する間の約百メートル、歩数にするとおよそ三百歩が一日の運動量のほぼ全てだ。情けない話だがそれが現実だ。以前は日に十キロ走り、三重県の北西部の山に週二回登っていた。年に数回日本アルプスもやった。四十になるまでは人よりはるかに頑健な体を持っていた。文字通り持っていた。もともと体が強い方でなかったのでトレーニングすることにより体を作っていた。十キロのロードレースで優勝したことも何度かある。

それが、四十を境として急に体力が衰え始めた。――原因は不整脈による心臓の不調だ。最初の頃は少しヘンだな、ぐらいで済んでいたので放っておいたのがいけなかった。四年ほどたつうちに不整脈はおろか、動悸まで激しくなり、ゆっくり走ることすらきつくなったのだ。元来医者嫌いだったことが災いした。とりかえしがつかなくなってから医者にかかり、かなり悪い大動脈弁狭窄症と診断されたのだった。診断されてもあまりピンとこなかった。それよりなにがこんな体を作ってしまったのだろうと考えた。運動量の低下、接待と称する深夜に至るまでの深酒、肉類中心の食事。全てに心当たりがあった。

ちょうど四十になった時、父からこの「ジャンダルム」を譲り受けた。この店は登山用のアウトドア用品や岩登りに必要なシューズ・ギア各種を販売している。ピッケル・カラビナ・ザイル・スリングはもちろん、ファッション全般まで手広く取り扱っていた。一階はファッション中心で女性に人気があった。二階は登山用のギア専門でアルピニストの溜まり場になっている。すみっこに小さな喫茶店があり、必ず何人かの登山愛好家が窓際の席でコーヒーを飲んでいる姿が見られた。さらに三階は最新モデルの酸素カプセルが置いてあり、体が不調な人のちょっとしたリフレッシュも行えるようになっていた。専属の指導員も一人いる。

三階の装置は二年前に入れたものだ。半分は自分の健康のためといってもいいだろう。

父が体を壊して店から完全に手を引いたのが三年前だった。その一年前から店の営業はほぼまかされていたのだが、父の引退を機に二階と三階を大改装した。父はあまりいい顔をしなかったが、やってみれば大当たりだった。父はそれからほどなくして亡くなったが、店の経営を一手にまかされていっぺんにいろんなしがらみが押し寄せてきた気がする。ともかく自分の自由な時間がもてなくなった。今までは様々なアイデアを出しそれを具体化していけばよかった。金銭面のことは八十パーセント以上父が請け負ってくれていたからだ。それが一から十まで自分の身にふりかかってきたらとんでもなく大変になった。自分が甘ったれの坊ちゃんだったと思い知らされもした。しかし、まがりなりにも一国一城の主になれたことが嬉しく、叩かれようがほされようが遮二無二（しゃにむに）努力してきたつもりだ。まるまる三日寝ずに仕事をし、店に泊まり込んだことも何度もあった。

――気がついたら壊れていた。あれほどかよい続けた山にも登ることはなくなった。人間、心のリズムが狂えばまちがいなく体も潰れる。逆もまたありえるが、両方同時に壊れたと言っても過ぎた言い方ではあるまい。

とにかく、一気に見事に壊れた。当たり前と言えばその通りでなるようになったのだ。目の前の物だけをがむしゃらに追い求め続け、ふと気づいたら冷めきった石ころを握りしめていた、そんな感じだ。でも、それのどこが悪い？　人は多かれ少なかれに突っ走ってしまう時期があるだろう。それもできずに死ぬよりはよっぽどマシだ。ちょっと夢見ていた時間が短かかっただけだ。祭りには必ず終わりがくるものだ。

――雨はうっすらとレンガの歩道をおおって、ゆっくりと南の方に流れている。外宮の山は白く煙って見えた。どうやら天気は回復するらしい。霧雨のずっと向こうにポッカリと青空が見える。

店の裏口に回って鍵を開ける。その時、思いがけず電話が鳴った。まだ七時前で人っ子一人いない通路にマヌケた着信音が響いた。仕事のことかもしれないし、ただの迷惑メールかもしれない。ポケットからのろのろとスマホを出した。

画面を見た瞬間息が止まった。

Ｍａｙｂｅ！　私　多分生きてます　窓はあかないままだけど　京（けい）ちゃんへ　ひかり

三十秒、いや一分ぐらい固まったままスマホを握りしめていた。まさか！　左手が細かく震えた。ありえない。あるハズがない。

急ぎ足で二階の自分の部屋のデスクに向かい、机の中を掻き回し古い一冊のノートを引っ張り出し電話帳の番号を確認した。電話帳なんてコトバはもはや死語に近い。そんなもの持っている奴はかなり古くさい人間だ。古くさ過ぎる。

目に見えて取り乱していた。ノートを二回床に落とした。二分後にその名前を見つけた。携帯のアドレス帳からずっと以前に削除したその名前を。

瀬尾ひかり……。スマホをもう一度開いて番号を見比べる。画面の数字とノートの十一ケタの数字はまちがいなく同じだった。

ぺたんとイスに座り込んでしまった。そして唐突に思い出した。今日はひかりの誕生日だということを。何年ぶりに思い出したろう。

この日は特別な日だった。二十代のはじめまでは。そうして日々の生活に埋（うず）もれていく間に少しずつ忘れられていったのだ。引くにまかせて消えていった古い出来事のひとつなのだ。――本当は埋（うず）もれていったのでも消えていったのでもない。そうなる道を自分で選び取ったのだ。

肩で大きく息をしていた。胸が激しく締めつけられ鋭く痛み渡った。その痛みの先で、とんでもなく青い空と、ただのひとつも曇りのないひかりの笑顔がはじけていた。

瀬尾ひかりと初めて会ったのは二十歳（はたち）の冬だった。当時沢登りに凝っていて、鈴鹿一の悪渓といわれる滝洞沢（たきぼらさわ）に三度チャレンジし、三回目に井戸底のゴルジュという難所で五メートル近く滑落して右脚を骨折したのだ。友人二人に助けられ三時間かかって下山し、四日市の病院に救急搬送された。激しい痛みに頭がくらくらし、生きているのか死んでいるのかよく分からなかった。ぼやけかすんでいく意識の中、粉雪が空いっぱいに舞っていたのをどういうわけか鮮やかに覚えている。柔らかそうだな、何のつながりもなく、ただそういうひとつの思いだけが、ポカンと心の中に広がっているのを感じた。友人の声も病院の人の声も何も記憶にない。何にも耳にとどかなかった。ただ、雪が木の葉にこすれる音が小さく小さく鼓膜のずっと奥で、リフレインするみたいに響き続けていた。考えてみれば病院の建物の中でそんな音がするはずもない。幻覚だったのかもしれない。しかし、確かにその音は聴こえた。人間の見る物、聴く音は実際に存在したのかどうかなんててんで怪しい。音も映像も過ぎ去れば消えてしまうのだから。——でも、その音は誰が何と言おうとこの頭の中に深く刻み込まれているのだ。今もずうっと体の底の方で鳴り続けいるのだから。

右脚の脛骨骨折で、かなり出血もしていたから手術は三時間にもおよんだ。出血量が多く、あと二時間遅れていたら命にかかわっていたと手術後医者が話していたのを覚えている。そう言われてもピンとこなかったが……。

とにかく、粉雪のイメージと、そいつが流れてゆく音だけが心の内にとどめられ、それ以外はいっさい空白なのだ。空白というよりシャッターがおりたカメラのようにそこで風景が見事に途切れていた。

気がついたのは翌日の朝だった。脇の下が妙に冷たい。カサカサと布か紙かが触れ合う音がする。まぶたをゆるゆると開けるとひどく眩(まぶ)しくてめまいがした。びっくりして慌てて目をつむってしまったが、思いなおして再びゆっくりと目を見開いた。

若い女の顔がすぐそこにある。見覚えのない顔だ。ひどく色白で彫の深い目鼻立ちをしている。ナースキャップ？　看護婦？　ここはどこだろう。俺はどうしたのだ？　とりとめのない考えがぐるぐると脳を馳せめぐる。女の左胸には瀬尾と書かれた名札が見えた。病院？　そうだ、滝洞沢の井戸底のゴルジュで落ちたんだ。あっという間に映像が逆まわしでその時にたどりついた。ハッと我に返り、無意識に体を起こそうとしたら激痛が走った。

「起きちゃダメ」

女は肩の辺りを軽く右手で押さえた。目が合った。大きな濁りのない瞳がかすかに笑った。

「気がつかれましたよ」

女は少し振り返ると誰かに話しかけた。

目をしばたたいて見たら母親が呆然と立っていた。母は、京介（けいすけ）と小さく叫んだ。それから力まかせに右手を握って、

「よかったな、よかったなあ」

と、体を震わせて泣き、看護婦の方に向き直って、ありがとうございました、と頭を深々と下げた。膝から下がじんじんと熱かった。

看護婦は口元だけで少し笑み、左の脇の下から何かを抜き取った。

「三十七度ちょうど。きのうの晩は四十度近くあったんですよ。出血も激しかったから」

冷たいと思ったのは体温計だったのだ。

「そんなに熱出たの。」

声がしゃがれて自分の声じゃないみたいだ。

「うなされてましたよ。何か夢でも見てたんですか？覚えてる？」

「夢？覚えてない。ただ真っ暗だったような気がする。星はひとつもなかった。雪だけが見えてました」

女はしなやかな指でカードに何かを書き入れている。全ての今の形のありようが実にアンバランスに思えた。女は不意に手を止めて小首をかしげ、うん？雪？きのう夕方ちらついたっけな、と記憶の上っ面をなぞるように考え、大きな瞳をくりくりさせ、ボールペンを指の上で数瞬もて遊んだ。

母は母でいまだに手を握ったまま泣いている。何だか少しうっとうしかったがするにまかせておいた。

女は、あえてそれを気にかけない様で、

「登ってたよ、手術前も、そのあとも。」

そう涼しげに笑って言った。

「登る？ 何を？」

「そうねえ、岩、なんじゃない？ ラクとか、テンションとか叫んでたから」

看護婦はパチンと音を立ててボールペンの芯を引っ込めた。乾いた響きが部屋のとどこおった空気を軽く引きしめ、三者三様のバラバラの思惑を一本の線の上に引き戻した。

自分はただの骨折患者で、母は心痛めながらも安堵する家族、そして彼女は仕事をこなす看護婦。そういう図柄にパッと切りかわった。同時にアレッと思った。何でこの人は、ラク（落石）とかテンション（滑落してロープに宙吊りになること）とかの登山用語を知っているんだろうと。

いろんなことが一度に目覚めたので考えの道筋がてんでぐちゃぐちゃだ。問いも答えもあったもんじゃない。あの…と言いかけて言い切れなかった。

彼女は、別の看護婦が点滴を替えに来たのを機に部屋を出ていった。測ったような歩幅で感心するぐらいきれいに歩いて……。

そしてふと思った。父はなぜいないのだろうかと。新しい登山用具の説明会があると言ってたっけ。店を空けられないいんだろうな。

暖房がききすぎて頬が熱かった。首をこわごわひねり、母に、カーテンを閉めてくれないかと頼んだ。

雪はもうすっかりやんで、こわいぐらい深い空の果てで真昼の星が惜しげもなく中庭のソテツに光を注いでいる。カーテンが閉ざされると、すいっと陽が遮られて、病室がいっぺんに暗くなった。あの井戸底みたいだという思いがぐるぐる回り、お椀の形をした空を思い出した。右脚が痛い。何ともいえぬ感じで痛みとしびれが攻め登ってくるようだ。とにかく眠かった。ドロ沼に吸い込まれた全身(からだ)がピクリとも動かない。そんな感じで、意識が気味悪く沈み続けてゆくのだった。

入院して一週間は痛みとの戦いだった。あまりにもひどいときは座薬を入れてもらった。恥ずかしいなんて言っていられない。何とかして痛みから逃れたかった。薬を入れてもらい数十分すると、スウッと痛みが楽になる。だから、薬を入れてもらう時間が待ち遠しかった。若々しい看護婦に座薬を入れてもらうことを待ち焦がれるなんて一種のヘンタイかもしれん、と自分で自分がおかしかった。

――一週間が過ぎると次第に痛みもひいていって、やっと一息つくのだった。

入院生活は三週間続いたが、毎朝たいがい一番最初に目に入ってくるのは瀬尾ひかりの顔だった。笑いかけるでもなく、いたって淡々と、検温します、よく眠れましたか？と毎度同じ口調で訊いてくる。初めは、ちょっと寝られなかったとか、足が痛いとか真面目

に答えていたが、痛みもとれて慣れてくると、茶化して対応するようになった。ある日、

「九官鳥、ひかり」

とニヤケ顔で言ったら、彼女は「ハァ?」と動きを止めた。彼女の名は知っていた。

「何ですか、九官鳥って」

「毎日同じ口調で同じコト言う」

ひかりは口をとんがらせ、いくぶん怒ったふうに、

「お仕事ですから。マニュアル通り。」

と無粋に体温計を引き抜いた。それをピッとリセットしながら、こっちを向いてニィーッと唐突に笑った。

「いろんなバリエーションで言って欲しい?」

つられて笑い返すと、ふと気持ちが軽くなった。

「あさってからリハビリだよ」

「早いんですね」

「動かさない所からどんどん弱るから、動かせる部分から動かすの」

「痛いですか」

ちょっとビクついて尋ねたら、ひかりは目をクリクリ動かし、

「さあね、人それぞれ。九官鳥には分かりません」

とおどけて歌うように答えるのだった。

――ひかりが自分より二つ年上の二十二だと知ったのはそれからしばらくしてからだ。

もうすぐ一月も終わりだなと窓の外を何となく眺めていたら粉雪がちらついているのが目に入った。ちょうどひかりが入って来て、粉雪を見た途端、以前から気になっていた疑問を思い出した。

「何で瀬尾さんは登山用語を知ってるん?」

ひかりは表情をひとつも変えずに振り返る。

「須藤さんと同類」

短い間思考が途切れる。それからごくゆっくりと脳ミソの信号がつながっていく。

「山、やるの?」

「須藤さんほどじゃないけどね」

驚きが先に来た。まじまじとひかりの顔を見つめた。

「変? 私が登っちゃ」

「いや、そんなことない。で、いつから登ってんの?」

「幼稚園の頃から。父がアルピニストだったから。ここら辺の山は全部やったよ。小学校卒業するまでにね」

　思い浮かぶ全ての予想をひとことびに越えてしまい言葉を失った。

「すごいな、俺より上かも……」

　一人言というよりは嘆息に近かったかもしれない。だが彼女はそのつぶやきの質を瞬時に嗅ぎ分けたらしい。

「まさかね。今度登山靴買いに行こうかな。ジャンダルムへ。本店へね」

　ひかりは意味ありげに笑ってみせた。

「知ってたの？」

　やや間を置いてひかりは顔を上げる。

「あなたのお父さんが言ってらしたから」

「いつ？」

「あなたが担ぎ込まれた日の夜」

　えっ、と息が止まる。

「来てたんだ」

「覚えてないの」

「全然」

「まあ、あれではね。……おとといも来てたよ」

「ウソ」

「あなたが眠ってる間に来て、少しだけ部屋をのぞいて、そうっと帰ってくの」

「何でこっそり来るのかな」

ひかりのまん丸の瞳が困り果てて宙をさまよう。そして小首をかしげる。

「そんなの私が分かるわけないわ。ただの九官鳥なんだからさ」

やっぱり困った顔を向け、ひかりはいつものようにボールペンを親指の甲で回すのだった。

翌々日からのリハビリには専門の作業療法師がつき、ひかりはほとんどかかわらなかった。骨折した部分に金具が入れてあるので、平行棒につかまって少しずつ負荷をかけるだけでも脚に電気が走った。一週間使わなければこれほど筋力が劣えるのかと身にしみて分かった。これは自分の足ではない。情けないがしかたがない。現実なのだから。

たった三十分のリハビリでほとほと疲れ果ててしまった。

「こたえるでしょ」

夕方うとうとしていたら、いつ入って来たのかひかりが話しかけてきた。

「アルプスを走って登った気分」

ちょこっと首をかしげ、

「大ゲサすぎるな、それ」

肩をすくめてみせるのだった。

ケガの回復は思った以上に順調で、二月の中旬には退院できる予定だった。ただ、リハビリは半年は続けなければならず、退院しても週一回通院しなければいけない。さすがに伊勢から四日市までの通院はキツい。それでリハビリは地元の病院ですることに決めた。ひかりの顔が見られなくなるのが残念だったがとにかく早く歩けるようになり、再び山に登りたい一心だった。

退院の日にひかりには会えなかった。急患が入って忙しいらしい。母といっしょに部屋を片付けていたら、母が、

「アラ、オウムだ」

と頓驚な声を上げた。見ると五・六センチぐらいの大きさの小さな九官鳥のマスコットがテレビの横にタオルで隠して置いてある。ひかりが置いていったに違いない。

「九官鳥や。オウムじゃない」

親指とひとさし指で青い腹のところをつまんだら、オハヨー　アサノヒカリダ、とカン高い声が部屋中に響き渡った。

「誰かの忘れ物かな？」

母は不思議がった。

「いや、俺のだよ」

そう言いながら何だか笑えてくるのだった。

自分にとってあの頃はおだやかな時代であったのかもしれない。ただひとつ父との確執を除いては。

父は自分の店を大きくすることにしか興味がなく、アルピスト、それもプロのアルピストをめざしていた息子に店を継がせたいと本気で考えていた。店の経営には全く興味がなかったからいい迷惑だった。仕事にしばられたら海外の山をやることはほぼ不可能だ。

山をやることは趣味の域を越えていた。大学二年になるまでに日本アルプスはほとんど踏破していたし、ヒマラヤのトレッキングにも三回出かけ、モンブランにも登った。まあこれらが父の財力に三分の一ほど頼っていたのは事実だが、三分の二はアルバイトで稼いだ金であったのも事実だ。変な話だがスポーツ用品店で働いていたのだ。それも父の店とは別系統の店で！ そこでレジを打ちながらシューズやグローブの修繕の仕方、テニスラケットのガットの張り方などたくさんのことを学んだ。これがのちのち役に立ったのはいうまでもないが、店に来る登山家数人と知り合いになれたのが大きな収穫だった。その知り合い、中部山岳会の仲間と滝洞沢を登っていて落ちたのだ。世の中何が良くて何が悪いのかよく分からなくなる。まあ、とにかく一刻でも早く山に入りたかった。

大学は近くだったので、自宅から松葉杖をついて歩いて通った。送っていってやるという父の申し出はきっぱりと断った。それはそれでよかったのだが、アルバイトは松阪なのでしばらく休んだ。そのかわり父の店でガット張りなどを手伝った。ほかの店でアルバイトしていたことを父は知っていたけれど、それについては一言も文句を言わなかった。だが、ガットを張り始めたら、いきなり、やめとけ二度手間になると、ブックサつぶやいた。しかし、しばらく作業を見ていたら、目をまん丸くし、何も言わなくなった。これは快感だった。

当時は、登山用具だけでなく一般的なスポーツ用品も駅前本店では扱っていた。本店が登山用具専門店になったのはここ十年の話で、商店街にある二号店は普通のスポーツ用品店だ。二号店の開店も十年前であった――。

その年の二月・三月は山に登るなんて夢のまた夢で、リハビリもかねて町中を散歩するのが関の山だった。せっかちな性格だったので相当イライラしたがどうしようもない。

五月の連休に入るまで、リハビリと歩行訓練を続けながら焦燥の時を過ごした。

――五月五日、連休最後の日の閉店まぎわだった。その日はレジ担当の女の子が体調を崩して少々早く帰ってしまったので、かわりにレジに座っていた。客もほとんどなかったので下を向いてのんきに登山雑誌を読んでいた。

「不まじめな店員さん、お客さんだぞ」

目の前で突然声がした。慌てて上を向きその拍子に本を落とした。すみません、と顔を上げたらそこにひかりが笑って立っていたのだ。黒のモンベルのバケットハットをちょっとアミダにかぶり直して、彼女はニィーッと笑った。明るい灰色のチャムスのジャケットに両手を突っ込んでおかしそうに見おろしていたが、左手をポケットから出して、「それ二つください」とレジに置かれた赤と黄のバンダナを指さした。

あまりに唐突だったので、何も考えずにガバッと立ち上がってしまった。脚に痛みが走り、思いきり顔をしかめた。いってえ、とおもわず声を出した。

「あーあ、その様子じゃまだダメだね」

ひかりはあいかわらず笑ったままだ。いきなりすぎて体が固まってしまった。

「ええと、一九八〇円です」

くくくっと彼女はふくみ笑いをした。

「案外、純なんだね」

さっと顔が赤くなるのが自分でもよく分かった。バンダナをうまく包めない。

「じゃあ、九官鳥は帰ります」

バンダナを受け取ると、ひかりは左手を挙げてくるりと背を向けた。

「時間あるの？　あの、お茶、喫茶店、隣で」

その背に向けて声をかけた。いや、単語を羅列しただけだ。

「それさあ、日本語？」

ひかりはすっと振り返るといつものようにニィーッと白い歯を見せるのだった。


ひかりとつき合い始めてつくづく感じたのは、彼女が見ためよりも大人だということだった。物言いひとつにしても落ちついているし、第一とびきり姿勢が良いのだ。だから歩き方が美しかった。たいしたことじゃないみたいに思えるが、人のイメージなんてそれだけで十分違って見える。彼女は聞き上手で、人の話をまっすぐに瞳を見つめて聞く。仕事がら、そういう態度が身についているのかもしれなかったが、本当に彼女は魅力的な聞き手で安心して何でも話せた。

一番びっくりしたのは、ひかりが寿司好きで、名の通った寿司屋にちょくちょく出入りしていたことだ。同世代の人間としては考えられないことだった。父親から高級寿司屋だけには入るな、お前の小遣いなんざすぐぶっ飛ぶぞ、としょっちゅう諌められていた身の上だったからこれには驚いた。ただし、ひかりはいつも上手にネタを選んで注文し、一人分の代金は五千円を超えることは一度もなかった。

「山より寿司の方が好きなの？」

一度あきれて尋ねたことがあったが、彼女はシレッとした顔で、あっけらかんとして、

「どっちも好きだよ。どうせなら満足するまでのめり込んだ方がスッキリするでしょ」

と答え、シャコエビの載った寿司を幸せそうにほおばるのだった。

ひかりと初めて山に登ったのはその年の秋十一月の終わりだった。まだ金具が入っているので無理はできない。千メートル級の山は登れなかった。考えた末に南勢町の牛草山に二人で登った。ひかりが車を運転し麓まで行った。ここなら十一月でも雪はないし、さほど急ではないので何とか登れる。

平日だったので登山客は他に誰もいなかった。ほぼ一年ぶりだったが恐ろしいほど体力が落ちている。あれほど待ち望んだ山、そしてひかりとの初登山なのに……。現実は容赦というものを知らないのだ。二十歩登っては立ち止り脚の鈍痛に耐えた。額から流れる冷や汗が目に入る。そのたびにタオルでぬぐわなくてはならない。クソ、泣いてるみたいじゃねえか、そう思うと今日の登山が妙にいまいましく思えてきた。

ひかりは一言もしゃべらず、大丈夫とも声をかけない。きっちり二メートルうしろをついてくる。たまらず振り返って声をかけた。

「ザマァないや。みっともないよ」

ひかりは静かに首を振った。

「そう思う京ちゃんの心がみっともない」

まともに体の芯にこたえる重さがあった。

「行こ」

笑いも咎めもしない瞳は涼しくあざやかだ。イヤミも何もない。ひかりはふとつぶやいた。

「キバシリ、いるよ。珍しいね。こんな低い所に」

「キバシリ?」

「ツリークリーパー。木の幹と同じ色」

指される方を見ても分からない。じっと目を凝らした時、パタッという感じで木の皮がはがれた。文字通りはがれたと思った。それは小鳥だった。アッと思ったが、次の一瞬にはもう瞳の内から消えている。

「よく見えるね。どっか行ったよ」

「いるよ。三本先の木の根っこのとこ」

どうしても見つけられない。

「ゴジュウカラも鳴いてる」

今度は耳を澄ます。かすかに谷川の水が岩間を走る音、その音に小さく重なって、フィー、フィー、フィーと声が聞こえた。

山は登るためだけのものと勝手に思い込んでいた。だから、目に入るのは岩であり、ガラ場であり、絶壁のクラック（割れ目）であった。それ以外のものは付録にすらならないと思っていた。

フィー、フィー、フィーとまた声がする。見上げると梢のあいだに何条かの光の束が伸びている。うすいもやをつきぬけて、空の底から降ってくる。波立った気持ちがすっと凪いだ。

すぐに風がひと吹きし、もやは吹き払われた。光の束はもう見えなかった。

「山は生きてるんだよ」

ひかりは左手で前髪を掻き上げた。そうだ、何でそんな当たり前のことが当たり前だと思えなかったんだろう。

「京ちゃんも、あたしもね」

ひかりはそう言うと前に回り、不意にかがみ込んだ。何気なく両膝に手をついて顔をはすかいに見上げ、ひかりは笑って唇に触れた。

激しく波のように満ちてくるものがあったが両手は彼女を抱きしめることができなかった。瞳の端の青空がまぶしく痛かった。まぶたを半開きにしたままひかりの唇を受けた。

それから二時間かかって山頂まで歩き、青が滲み出たような太平洋を肩を並べて見下ろした。海側の照葉樹林帯をかすかに風が渡ってゆく。半島はずっと向こうで真上からの光芒をまともに受けてくっきりと立ち上がる。

「お日様ってさあ真昼の星なんだね。光が強すぎて、他の星はひとつも見えないよ。真昼の星はひとつだけ」

雲が流れる。ひかりは前髪を揺らし、ずっと覚えておきたいなと空を見上げるのだった。

それから翌年の四月まで、ひかりと二人でゆったりと三重県南部の山をめぐった。心のゆとりと慣れのおかげでだんだんと休まず登れるようになった。体力は次第に戻りつつあった。

ケガの回復は早く、一月にはボルトが抜けた。さすがに二月はおとなしくしていたが、三月に入ると今度は八百メートル級の山を手掛けた。七洞岳、獅子ヶ岳、大紀町の行者山などだ。

ひかりは本当に相当の強者だった。ガラ場でもバランスひとつ崩さずしっかりと降りて行くし、ちょっとした岩場も何なく越えてゆく。息の乱れなんてこれっぽっちも見せない。

「病院忙しくってさあ、あんまり登ってなかったけど、京ちゃんのおかげでカンが戻ったよ」

「ひかりは天才かも。ヒマラヤでもやる？」

彼女はちょいと首をかしげて、

「やんない。私はこれで満足」

そう言ってパッと笑うのだった。

六月の梅雨どきになると山から遠のいた。そろそろ就職活動もしなくてはならず大学も忙しくなった。教育学部だったので実習にも行った。学校の先生になるか、父の店を継ぐかで迷っていた。教員になれば長期の休みを取って遠征ができると安易に考えていたことは確かだ。しかし、ひかりと出会って考え方が変わった。山は苦しむものではなく楽しむものなのだ。ひかりといっしょになり、自分が店をやりくりし、そして二人で山に登る。それが自分にとって理想の生活だと思うようになった。

七月になってもまだ梅雨は開けなかったが、最初の土曜日はちょうどひかりが休みの日だったので松阪の堀坂山に登った。ムシ暑い一日でときおり雨がパラついた。この頃になると痛みもほぼなくなり以前と同じスピードで歩けるようになっていた。

山頂には一時間半で着いたが、帰りにちょっと登山道をそれて荒れたコースに入ってみた。ひかりは不安がりもせずについて来たが、これが悪路で、足場は滑るし、途中の岩場は崩れ易いしおまけに最後の三十分はヤブこぎをするはめになった。二人とも全身濡れネズミになって二時間もかかって駐車場にたどり着いた。汗と雨で体が思ったより冷えた。

車の横で着替えていたら、トイレの中で着替えていたひかりが、京ちゃん、と顔を入口から突き出して叫んだ。彼女は困ったような顔で手招きしている。何だろうと歩いていくと、

「だあれもいないよね?」

と訊いてくる。

「おらんけど、何?」

「ちょっと入ってきて」

「女子トイレやん」

変なことを言うと訝しみ立ち止った。

「いいから早く」

ひかりにしては珍しく強い口調で言う。

近づいて仰天した。ひかりは上半身裸だった！ ブラジャーだけしかつけていない。真っ白い肌に目が釘づけになる。言葉がなかった。ひかりの手にはタバコが握られている。

「ヒル、取って」

くるっと背中を向けて彼女は恥ずかしがる様子もなく言い、火のついたタバコを後ろ手に渡したのだ。よく見ると、肩の下あたりと背中のどまん中左右に四匹ヤマビルがへばりついている。

「うえっ!!」

思わず叫んでしまった。今まで山をやってきて、どういう訳かヤマビルに吸いつかれたことは一度もなかった。気持ち悪くてタバコを持ったまま立ちすくんでしまった。

「足とお腹には三匹ずついたよ。それは自分で取った。背中はとどかない」

おののきながらタバコの火をヒルに当てた。ヒルは一瞬でこげ落ち三匹はタイルの上でぐねぐねと悶絶し、一匹はぐたりとしたまま血を流して死んだ。

「ストリップショーするからね。十秒だけズボン脱ぐから見て。ついてないか。ついてたら取って。いい、よく見てよ、ヒルだけね」

せーのー、とひかりはズボンをおろす。頭の中は混乱するヒマさえない。必死だった。お尻から膝の裏まで素早く目の玉を上下させ三回観察した。ヒルはいなかった。

「おらんよ」

ひかりはパッとズボンを上げた。顔が赤らんでいる。それにしてもひかりの肌は白い。

ひかりの肩から鮮血が流れ落ちてゆく。細い四本の血の筋がタラタラと肌を這った。目をそらそうにもそらしようがない。

「ティッシュで拭いてから絆創膏貼って」

彼女はバッグから絆創膏を出した。床の上をふと見たら、まだヒルが赤黒い血をタイルに塗りたくりながらのたくっている。

「次は京ちゃんの番だよ。Tシャツとズボン脱いで。家まで持ってくのは嫌でしょ」

ひかりの背の絆創膏はまたたく間に赤く染まってゆく。それと床の上の半死半生のヒルを目にしたらおぞましさとなまめかしさで思いもかけず勃起してしまった。だからズボンを脱ぐのをためらった。

「早く」そう言われて一気にずり下げた。

ひかりは背後に回り注意深く視線を注ぐ。

「六匹もいる。背中に。お尻と太モモにも三匹」

九匹にもたかられてるのかと体がゾクッと震えた。ひかりは上の方から順々に退治してゆく。そのたびに黒くて軟らかい物体がボロボロと落ちる。のたうち、血を吐き、死にゆく末期（まつご）の生き物の形を目にしているうちに前の方も萎（な）えてきた。こういう軟体動物はどうにも苦手だ。異様に気持ち悪い。

「前は自分で見てね。パンツの中」

言われて、ひかりの前にもかかわらず、すぐパンツのゴムを持ち上げて確かめた。一匹もいない。ホーッと肩で息をしていると、いつの間にTシャツを着たのか、ひかりが笑って立っている。

「だいぶ献血したね。しばらく血、止まらないよ。Tシャツは黒っぽいのにした方がいいよ」

　慌ててズボンをはいた。ひかりはクスクス笑っている。

「今日さ、鈴鹿の私の部屋に泊まりなよ。血を吸われたぐらいじゃ死なないけどさ、ヒルは感染症のもとになる菌持ってるかもしれないの。薬塗らなきゃ。それからお寿司食べに行こ」

　よくもこんな情況で平然としていられるなとあっけにとられた。しかも泊まっていけなんて！　二人きりで薬を塗りっこする……。混沌のさなかにもかかわらず頭がクラクラした。

　ひかりは死にかけのヒルどもをさりげなくティッシュでつかみトイレに流した。その姿を呆然と見ながら、ゴォーッという水音だけが耳の中でどぎつく響き渡るのだった。

その日、軟膏を二人で塗ったあと駅前の光寿司という店に出掛けた。

「店の名前がヒカリだからね」

彼女は水槽の前のカウンターに座り、穴子やら鰻やらてきぱきと注文していく。前から思っていたことだが、赤身の魚は嫌いらしい。

「トロとか食べないの？」

不思議に思って尋ねるとひかりは目の前の水槽を指さした。

「前はたまあに食べてたよ。でもさ、このハマチ見てから食べるのやめちゃった」

水槽をおしぼりでぬぐって彼女は言う。フグやら平目やらが雑然と泳いでいる二メートルほどの空間に四十センチぐらいのハマチが一匹泳いでいた。ハマチの背中からは何か赤い松葉のような物が二本突き出ている。一種異様な風体だ。一体何だろうと顔を近づけた。

「何？　あれ」

「標識（タグ）」

ひかりはちらりとこっちに目をやり、ビールのグラスを左手で傾ける。

「お尻からも出てるでしょ、赤いの」

「本当や」

「あれは発信器のケーブル」

「どういうこと？」

「どこかで放流された発信器付きのハマチをここの卓さんが釣ってきたの。ねえ、大将」

卓さんと呼ばれる中年の少し太目のマスターはコハダを握りながら顔も上げずに答える。

「去年の一月に伊勢湾沖に船釣りに行って釣ったんですわ。よう見るとタグが打ってある。研究所の名前と電話番号まで書いてある。珍しいからどデカいクーラーに入れて店まで持って来たんや。次の日に研究所に電話して、ナンバーが何番でどこで釣れたか教えたったら、魚体はありませんかって聞かれたんで、もう食ってしまいましたとウソついてな、ずうっと飼うてますんや。発信器は見当たらなんだと言うといた。そうですかってガッカリしとったな。どこで放流したん、て尋ねたらさ、それが島根県やと教えてくれた。ひっくり返るほどびっくりしたわ。それ以来、ここの人気者ですわ。名前はヒカリですわ。ひかりちゃんがつけたんや。光寿司やしな」

「九州回って来たんかなあ、まさか津軽海峡ってことないよな。発信器調べたら分かるんじゃないの」

ぶつくさ言いながら感心しているとひかりがビールを注いでくれた。穴子を一口食べたら焼き具合もタレも絶妙だった。

「発信器取ったら死んじゃうんだよ。せっかく命拾いしたのにさ。ハマチ君の旅はここでおしまいです。一生私に見られて過ごすの」

少し酔ったのかひかりの口調がやんわりと崩れる。頬がかすかに紅みを帯びている。

「じゃまくさくないのかな」

「京ちゃんのボルトと同なじだね。京ちゃんは抜けたけどさ」

そうだ、一生タグを打ち込まれたままってどんな感じなんだろうとハタと思い当たった。

「京ちゃんの手術してからすぐこの魚見たでしょ。私、あっ、須藤さんだって思っちゃった。体にヘンな物付けられてさ。苦しんでる」

ひかりはジィーッと大将を見つめる。

「卓さん、逃がしてあげたら?」

「ひかりちゃんにそんな目で見られるとかなわねえわ。でもさ、他の奴に釣られるのもシャクだしなあ」

ひかりはパッと身を乗り出し、

「私がこの人とケッコンできたら逃がしてくれる?」

とマスターに耳打ちするみたいにつぶやいたのだ。青天の霹靂とはこのことだ。ビールのグラスをひっくり返すところだった。

「結婚するの？」

マスターの声が裏返った。

「できればって言ってるでしょ。あー背中カユイ。ヒル君のせい」

ひかりがふふっと笑い、マスターも表情を崩した。

「かなわんな、ひかりちゃんには」

マスターはこっちを見、片目をつぶって右手の親指を立てた。まるで自分はカヤの外のような気がしてどう反応していいか分からず、とりあえず作り笑いでごまかすのだった。


朝、目が覚めた時、ひかりの裸の肩がすぐ横にあったのでハッと上半身を起こしかけたところでパラパラと記憶が戻ってきてひとつにつながった。ひかりの丸っこい肩にセミロングの髪が軽く乱れてしなだれかかっている。いつもの朝とは似ても似つかぬ一日の始まりの形があった。突然という言葉が額縁にはめられるとこういう絵になるのだろうか。

そうっと手を伸ばして髪に指をからめた。

「どうしたの？」

ひかりは起きていた。思わず手をひっこめる。いいよ、そうしてて、と彼女は背中を向けたままつぶやく。もう一度ひかりの髪をなでた。ひかりはくくっと小さく笑った。

「痒(かゆ)いでしょ?」

えっ?と手を止めたら、彼女はくるっと寝がえりを打った。光沢をもった髪がカーテンごしの朝の煌(きら)めきをふわりとはね返す。

「背中。献血したトコ」

そう言えば痒い。昨日からあまりに目まぐるしく時が動きすぎてそんなことに構っているヒマがなかった。

「それにさあ、多分シーツ真っ赤だよ」

ひかりがパッとタオルケットをだしぬけにめくった。二人とも裸のままだ。

「やめろよ」

「京ちゃんウブだ」

ひかりは自分だけ胸を隠して笑っている。

「ホラ、見て。これもうダメだ」

見るとシーツはどこもかしこも血痕だらけだ。あっ、まさか、と考えたが、血のつき様がおかしい。あっちこっち点々とついている。

「新婚初夜だよ。ヒルと私たちの記念だよ。やだな、まだ血が止まらないよ」

ひかりは背中に手をやって絆創膏を押さえた。それからモソモソと下着をつけた。

「ひかりさあ、タバコ吸うの?」

鏡の前で髪を梳かしながらちょっと顔だけ向けて、ひかりが、

「吸わないよ。何で?」

と訊き返してくる。

「きのうタバコ持ってたからさ」

ああ、と櫛を置き、

「この時期は持ってるの。ヒル対策」

「ひかりは俺の先生だわ」

「お父さんから習った」

「ふうん。さすがアルピニスト」

「死んじゃったけどね」

ひとしきり会話が止んだ。

「谷川岳で雪崩にまき込まれて」

いっとき間を置いて気まずさを隠しながら
「そうなんや」

と答えていた。

「そう。ソーナンです」

「バカ」

「そう、山で死んじゃいけないんだよ。バカですよ。京ちゃん、気をつけてよ。もう他人じゃないんだからね」

「ひかりこそ気をつけろよ」

「九官鳥は飛べるんです」

ひかりは左目をつむって、サアッとカーテンを開けるのだった。


足が本調子に戻ったのは二ヶ月後だった。ひかりの実力を知ってしまった以上、遠慮をする必要はどこにもなかった。ただがむしゃらに登り続ける登山はほとんどしなくなった。本当の意味でひかりは自分の先生であり師であると本気で思った。それが自分たちの穏やかな時代で、光を体中にまとった幸せな時代だったのだ。ひかりはたったひとつの真昼の星になった。

初めの頃自分がトップで歩いていたが、途中からひかりがトップで歩くことが多くなった。ひかりはルートを見出す能力や、危険を避ける知識が豊富で、実際二度道迷いから脱出できたし、間一髪で落石から逃れたこともあった。

「当たり前を当たり前と思わないこと。普通に歩けるのが山では当たり前じゃないの」

「当たり前じゃなかったから俺は落ちて、ひかりに会えた」

ひかりはじっと瞳を見つめはっきり言った。

「そう。奇跡なんだよ。奇跡は一度っきりなんだよ。それを大事に育てていくのが人間の仕事なの」

ひかりの言葉は時にとんでもない重みを持って胸に響いてきた。それを素直に受け入れられるようになったことは自分にとっては大きな進歩と言えた。

ひかりを家に連れて行くことも何度か心をよぎったが、何か見えない壁があるような気がしてなかなかその気にはなれなかった。父は、店に来る登山家からウワサを聞いていてかなり興味を持っているようだった。それでますます連れて行こうとする気持ちが萎えてしまった。父にひかりを見せたくはなかった。正直言って、ひかりを見せびらかしたいという意志はさらさらなく、できれば自分一人のものにしておきたかったのは確かだ。ただ、ひかりはそんなことはこれっぽっちも気にかけていない様子だった。

ひかりの仕事は夏の間中忙しく、お盆休みもろくろく取れず、次に会えたのは八月の二十日過ぎだった。その日も山に登った。御在所の中道だったが、ただ当日は山岳写真家の浅田享氏が同行した。浅田氏はプロの写真家で、ジャンダルムの宣伝用の写真を撮ったり、ポスターを製作したりしていた。浅田氏自身から同行の依頼があった時正直迷った。おそらく父からの差し金にちがいなかった。断ろうと思ったが、ひかりの、いいよ、気にしないから、という一言で同行が決まってしまった。

夏陽がギラギラ降り注ぐ中、三人で中道を登った。途中、地蔵岩とキレットの所でひかりをモデルにして何枚か写真を撮った。山頂でも記念碑をバックに写真撮映をした。カメラ付きの携帯電話が普及し始めた頃で、二人とも新しいのを買ったばかりだったから、浅田氏に頼んで、二人寄りそって画面に収まった。山頂では北西の風がややきつめに吹き、ひかりの髪は乱れがちだった――。

それから十日ほどして店に行くとどでかいポスターが入り口に貼られている。一目見るなり仰天した。秋のキャンペーン用の物だが御在所のキレットで撮ったひかりの写真がそのまま使われている。心が激しく波立った。二階の事務室に駆け込み、いきなりそこに座っている親父に声を荒げて詰め寄った。

「何で無断で写真を使った！」

父は平然と言った。

「許可は本人に取ってあると聞いたがな」

「誰から聞いた」

「浅田君が言うとった」

「そんなことがあるか！」

こみ上げて来る怒りを押さえて浅田氏に電話をすると困ったように、

「瀬尾さんには了承してもらってますけど……」

と電話口の向こうでぶつくさつぶやく。

父をひとにらみして部屋を出、すぐひかりに電話した。ひかりは出なかった。勤務中なんだろう。そのまま憮然として店を出た——。夕方、ひかりから電話があり、確かに浅田にポスターに使っていいかと聞かれ、いいですよ、と返事したと言う。

「いけなかったの？」

こっちの語調が少々荒っぽかったので彼女は不安に思ったのだろう。言葉を探しているうちに、ごめんなさい、小さな声でささやく。

「いつ、言われたの？」

「ロープウェイの駅で京ちゃんがトイレに行ったとき」

きたない奴だと、心の中で浅田に対して毒づく。それにしてもひかりもひかりだと思った。なぜひと言の相談もなかったのか。

「何で言ってくれんだの？」

「ごめんね、たいしたコトじゃないと思ったし……。ポスターになるなんてモデルさんみたいで嬉しくなって……」

「俺の許可なくか」

ひかりは数秒黙り込んだ。

「――何で京ちゃんの許可がいるの？　私は私だよ。私は誰のものでもない。私は私の意志で行動します。そこはカン違いしないでね」

その時はまだ若かった。サァッと頭に血がはせ登った。

「エラそうなこと言うな！」

パッと電話を切った。よく考えればエラそうなのは自分の方なのだが、その場はもう怒りだけが先にきて、何も正しい判断が下せなかった。たかが大学生の身でありながら、社会人としてきちんと働いているひかりにとやかく言う権利などない。しかし、ひかりが利用されたと思い込んだ時点で自分の性根はねじ曲がった。ひかりが父の手先になったような気にさえなったからだ。

――その夜、ひかりから着信があったがわざと出なかった。メールもあった。

ゴメンね　ムズカシイコト　分かんないんだ　ゴメンね　ひかり

その文字を見た途端、いっぺんに怒りはさめていった。でも意地っ張りの自分が返信することを拒否した。

その夜は朝まで悶々として眠れなかった。何度もメールをしようと思ったがどうしてもできなかった。ひかりからも連絡はなかった。

そのまま三日間が過ぎた。ちょうど日曜の夕方だった。もうどうにもがまんがならずひかりに電話しようと思った矢先、携帯の着信音が鳴った。知らない番号だった。迷ったが思い切って出た。

「須藤さんでいらっしゃいますか？」

「そうですが」

「私、瀬尾ひかりの母です」

一気に不安が体中に満ちた。

「ひかりが山で落石にあって病院に担ぎ込まれました。意識不明の重体です」

血の気がサァッと引いてゆく。頭が空白になった。足の指が急激に冷たくなった。

「一体どこで⁉」

「御在所の裏道から国見岳へ行く途中で……」

言葉が無かった。

「ひかりが珍しく家にきのう帰って来て、何かヘンだなって思ってたら、つきあってる人を怒らせてしまって落ち込んでるって話してました。あなたのことを一時間ぐらいしゃべってました。明日、気晴らしに国見岳に一人で行くと笑ってたのに……。病院で娘の携帯見たらあなたの番号があったので、とりあえず急いで連絡したんです。できたら病院に来ていただければと思って……」

ひかりの母の声は震えている。それ以上に自分の頭はごちゃごちゃに掻き回され、脳の芯から冷めざめとした固りが無限大に膨らんで来て体全部が石になった。この事実をどうとらえればいいのだ。問いばかりが果てしなく吹き出て、答えは何ひとつない。

「病院……は？」

かろうじて聞くことができた。

「四日市の相生病院です。ひかりが勤めている病院です」

ひどい衝撃だった。ひかりと出会った場所だ。そんなバカなことがあるか、と悲しみを飛び越えて憤怒と悔恨が湧き上がってくる。もちろん自分自身に対するものだ。

「今すぐ行きます」

電話を切って部屋を飛び出した。それから先の記憶はとびとびでうつろだ。

ひかりは個室のベッドに寝かされていた。人工呼吸器を付け、顔色はひどく悪く血の気が感じられない。一目見て良くない状態だということが分かった。

「須藤です」

ひかりを凝視しながら言うと、母親は静かに頭を下げた。

「ずっと眠ったきりで……。もう十時間近くになります。朝早く事故にあって運び込まれて」

すすめられるままベッドの傍のイスに座り、ひかりの手を握った。暖かかった。確かにひかりの温もりだ。だが彼女の顔は青白かった。手首に触れると、ひとつ、またひとつとしっかりした脈が伝わってくる。ふいに涙が溢れた。とどめようがない。ひかりは生きている。そんな思いだけが頭の中をグルグル回った。

ひかりの母親は声を殺して泣いていた――。

時計を見るともう十時近い。左手の腕時計の秒針の音がやけにむなしく響いてくる。

「ひかりがこのまま死んだら、山で二人も失うことになります」

ひかりが死ぬ？　その言葉は何ともちぐはぐで現実味を帯びていない気がしたが、ひかりの顔に目を移した途端、言葉が恐怖をともなって心臓に突き刺さった。

「僕が無神経なことを言わなかったら、こんなふうにはならなかったのに……」

ひかりの母は黙り込んだ。遠くで救急車のサイレンの音が聞こえている。

「いいえ……」

ひかりの母は隣のイスに腰をおろした。そしてひかりの足をゆっくりとなでた。

「避けられないものはどうしたって避けられません。それは誰でも同じです」

時が果てしなく永く感じられた。部屋にはクーラーのブーンという音だけが無機質に響いているばかりだった。

――それから七日が過ぎ去ってもひかりは目をさまさなかった。ずっと手を握り続け、ずっと話し続けた。時おりピクリと指が動いたがそれ以外は何の反応もなかった。

十日目にひかりの姉という人が五歳ぐらいの女の子を連れて見舞いに来た。姉は目もとがひかりによく似ていた。女の子はひかりの体を揺すって、

「ひかり姉ちゃん起きてよ、起きてよ！」

と涙ぐんだ。いたたまれなくなり部屋を出ようとした時だった。

「山なんか行くからだよ！」

女の子が大声でわめき、所かまわず泣き出したのだ。やめなさい、母親が子どもをたしなめ外に連れ出した。女の子とドンと体がぶつかり、母親は子どもの手を握ったまま小さく頭を下げた。

女の子と目が会った。その瞳は涙でいっぱいだった。雨が天から降るようにすうっと透きとおった時間が流れる。風が黙って細胞のすき間を抜けてゆく。今、この瞬間、この子と自分の距離はゼロだった。

思いもかけず女の子の小さな右手をいきなり握りしめていた。ハッと息を呑んで振り返る瞳。ひかりと同じ瞳だ。

「ごめんな……」

女の子は泣くのをやめた。そうして射るようなまなざしでこっちを見つめるのだった。とんでもなく深い色の瞳で……。

ひかりは一度も目を開けることなく、九月二十八日の自分の誕生日の朝、静かに息を引き取った。覚悟はしていたから涙はなかった。取り乱しもしなかった。ひかりは眠っているみたいだった。その右手に九官鳥のマスコットを握らせると、電池の切れかけた弱々しい声が間抜けたように聞こえた。

オハヨー　アサノヒカリダ

ひかりの窓は開かなかった。カギはひかりが持ったままだから。思い出だけでは窓は開かない。永久に開かないのだ……。

空が青かった。とんでもなく高く青かった。

二、恋文　炎と水

ひかりと過ごした二年近くの日々が本物の時間だとしたら、あとは何なんだろう。ずっと考え続けた。人と出会う意味とは何なんだろう。結論なんかなかった。人はあまりにも非力なのだ。それでもその非力のうちに生きねばならないのだ。そのことが途方もなく残酷だと初めて知った。知ったところでどうにもならないけれど……。

それ以後の自分の生活はまるきり一変した。とりあえず大学は卒業した。教師にはならなかった。父の仕事を手伝いながら、休みには狂ったように山に登った。登るためだけに登った。再び山は登るための対象にすぎなくなった。

人間の柔らかい皮、もろい肉、砕けやすい骨、全てを憎んだ。精神という言葉はもはやあとかたもなく消えてしまった。これでもかというぐらい肉体を鍛えた。毎日十五キロの走り込み、二十キロの砂袋を背負っての低山登山、山岳レースへの出場。ただひたむきに走り、登っている間だけすっぽりと日常を忘れた。苦しむことで苦しみからのがれた。山岳耐久レースで、暴風雨の中、三日三晩ほとんど眠らず走り切り優勝したこともあった。ゴールテープを切るまでは人間であることを忘れた。肉体の苦しみは命の形をはっきりと浮かび上がらせてくれはしたが、そいつが本物の苦しみでないことはゴールテープを切ったその時に分かる。次の一瞬からまぎれもない本物の苦痛が始まる。どこまで行っても追いかけてくる。のがれられないという事実。底がなく光がひとつも射さない日常。辛いという気持ちさえマヒさせてしまう虚(うつ)ろさ。今この場で消えてしまいたいと幾度も願った。けれどそれはできなかった。

今の自分のありようがひかりとの時間につながっているとはどうしても考えられなかった。ひかりはこの世界とはほんのちょっと違う向こう岸で笑いはじけて生きているのではないかと本気で思った。

酒も飲むようになった。だが、胸を潰すような暗闇から抜け出すすべは無かった。酔って眠りにつく前に必ずひかりの言葉が際限なくどうどうめぐりをした。

「生きてるんだよ、京ちゃんもあたしもね」

その言葉が自分を生かし続けた。生き続けることがただの徒労であると分かっていても。

——最初の五年間はひたすら苦しみ抜き、自分を責め続け、走り続けた。

なにも変わらなかった。それでもほんの少しずつ埋めてゆくことはできた。埋めることと捨てることがまるで異なった根っ子を持っていることは分かっていた。それでも埋め続けた。ひょっとしたら埋め続けることは生きることのニセ物なのかもしれない。分かっていても埋め続けるしかなかった。

十年があっという間に過ぎ、日々の暮らしをやっと普通の日常と感じられるようになった。女性とのつき合いもあった。ただ、どことなく本気になれず、みんな一年ももたずに別れた。

山以外の遊びも見つけた。三十を過ぎてゴルフをやるようになった。かなりのめり込み、道具も金にまかせてたくさん揃えた。

店舗の拡大には力を注いだ。以前アルバイトしていたスポーツ用品店を吸収合併し、県下ではトップの売り上げを誇るまでになった。

父との確執はずっと心の片隅に抱いていて消えることはなかったが、それも協同経営者という肩書きのもとに、不調和という溝はやはり埋めた。埋めることは生きることだった。埋めて、埋めて、埋め続け、気づいてみればとんでもないできそこないの中年になっていた。走ることも、登ることもできやしないろくでもない人間になっていた。

ひかりの言葉も聞こえなくなっていた。

そして去年の夏に倒れた。大動脈弁狭窄症であった……。

ひかりの居場所はどこにもなかった。埋め尽くし、たたき固め、思い出のカケラは潮の引くままにまかせた。それが波の間で苦しげに浮き沈みしようと振り向かなかった。

振り向いてはいけないのか、振り向くことこそが正面切って生きることなのか考えようともしなかった。難しい言葉で自らの存在理由をとりつくろうようなことは一切しようとは思わなかった。

ただ埋め続けた。振り返るための窓はこれっぽっちも開けなかった。開けられなかった。窓のカギは永遠にひかりが持っていってしまったから。死ぬまで開けないはずだった。

——そこに、メールが届いたのだ。ひかりという差し出し人から……。ひかりの誕生日に。

ろくでもないイタズラだと思った。しかし、どこの誰がこんな突拍子もないメールを送って来るのだ。しかも、ひかりの番号は今だに生きているのだ。京ちゃんと呼ぶぐらいだから少なくとも二人の関係を知っている人間のしわざであろう。ひかりの母？まさか考えられない。では、一体だれが？

思惑は乱れに乱れた。ひかりが向こう岸の平行世界からメールしている？そんなテレビ番組を最近見たことがある。でもそれは画面の中だけの妄想の世界だ。

窓際の机の前に座り、携帯のディスプレイ画面を穴の空くほど見つめたあと、永い永いため息を吐き、ゆっくりとカーテンを開けた。

すると、また着信音が響き、

「オハヨー　アサノヒカリダ」

と、メールが入り、続けざまに、

「あたしも京ちゃんも生きてるんだよ」

と信じられない言葉が続けざまに画面に映し出されたのだ。

息が詰まり動悸が激しくなった。これは現実ではない。分かってはいても心の内は強烈に波立ち渦を巻いた。数えきれない言葉が渦の中で振り回されている。

ようやくたったひとつの言葉を震える指で拾い出し、混乱する思考のまま返信した。

「ひかり?」

数秒後、

「退院したから山行こうね。御在所がいいな」

と返信が来た。何が何だか分からなかった。焦りと怒りがごちゃまぜに襲ってくる。半分恐怖に近い感情だった。

「ひかりは死んだ。君は誰だ?」

最も深い所に埋めたものを無理矢理掘り返し、一番言いたくない言葉を返した。

しばらくの沈黙のあと、

「真昼の星は何度でも昇ります」

と目を疑うような言葉が返ってきたのだ。

もう、メールを返す気力はなかった。呆然と立ち尽くし、窓の外を見つめたままスマホを握りしめているのだった。

その日は一日中上の空で仕事にならなかった。たちの悪いイタズラだと思った。それにしてもどうしてひかりと自分しか知らない会話を知っているのか。思惑はその一点に焦げつき、体の内を果てしなく巡った。誰が知っているというのか。ありえない話だ。

眠れなかった。夜中に息苦しくなった。思いあまってその番号に電話をかけてみた。三回ほどのコールのあと、つながったのだ。だが、声はなかった。

「誰、なんだ?」

腹からしぼり出して尋ねた。数秒の時が音もなく流れ、不意に電話は切れた。ただ、電話口の向こうでかすかに音楽が流れているのが分かった。どこかで聞いたことのある曲だったが一瞬のことだったので何の曲か分からなかった。

とうとう朝まで眠ることができなかった。頭はこれでもかというぐらい重かったが少しそれならこっちもそれにどっぷりとはまってつきあってやろうと考えたのだ。

だけ落ちついた。誰がなぜこんなろくでもないことをするのか全く心当たりがなかったが、

メールは三日おきぐらいにあった。そしてその内容は驚くべきものばかりだった。しばらく返信せずメールが届くにまかせた。

ひかりが初めて店に来た日のこと、二人で牛草山に登った時のこと、赤と黄色の、ひかりが買ったバンダナのこと、七洞岳登山のこと、どう考えたって二人しか知らない出来事や会話が次から次に画面上に表れる。あまりにも詳しく、こと細かに語られる言葉たちに息を呑み、絶句するばかりだ。埋めて埋めて埋め尽くしたものを、次々と掘り返し白日のもとに曝（さら）されるのだ！

一番深く胸をえぐられたのは、光寿司のハマチの話だ。標識（タグ）のついたあのハマチだ。

「あのハマチまだ元気かな？今度光寿司に行って確かめようね」

これには参った。めまいがした。二十三年近くも前のことだ。生きているはずがない。

だがメールの中の時間は立ち止ったままなのだ。時の歩みがゼロなのだ。

「京ちゃんはあの標識（タグ）を打たれたハマチだよ。ずっと私に見られたまま。死ぬまで見つめられ続けるの。私に！」

呪いの言葉かと思った。そこに悪意のカケラを感じて震えた。正体の分からぬ人間にそのような言葉を投げつけられたら誰だったおじけづく。だが、訳の分からない恐れを体いっぱいに感じながら、次第次第に底なし沼に落ち込んでいく自分に気づくのだった。

やがて、あのヒルの時は気味悪かったとか、バンダナはどうしたのか、とかおそるおそる返信している自分がいた。そして、それに対して疑いようのない答えがきちんと返ってくるのだった。あまりにも不気味であった。

二十日ほど経ち、十月の半ばになった頃、一計を案じた。そしてこちらから初めてメールを発信したのだ。

「朝熊山（あさまやま）の磯部岳道（たけみち）を登った時は大変だったね。道に迷って。ちょっと昼から出かけてみただけなのに帰りは夜になって。イノシシに出くわしたりして」

全くのデタラメだった。ひかりと磯部岳道を歩いたことなどなかった。それに対しての返信はいつまでたってもなかった。

十月十六日に親しい友人と会うことがあったので今までのことを正直に話した。するとその友人は、

「その番号へ俺の携帯から電話してみろよ。知らない番号ならひょっとして出るかもしれん。まあ九十九パーセント出ないだろうけど」

と言う。そこで、その場で携帯を借りて電話をかけた。

十回ぐらい呼び出し音が聞こえたがつながる様子はない。やっぱりか、と思って電話を切ろうとした時、突然電話の向こうで、

「はい、瀬尾です」

という声がした！ その声はひかりの声にそっくりだが、トーンが幾分高くどこか違うと思った。確かに何かが違った。二十年以上経っていてもひかりの声を忘れることはなかった。

「ア・サ・ノ・ヒ・カ・リ・ダ」

一語ずつゆっくり区切ってしゃべった。

——電話は唐突に切れた。けれど切れるほんの一瞬前、アッというごく短い小さな叫びに近い声が耳に残った。明らかにとまどいを含んだ声だった。

「どうだった？」

友人がきき、視線を送るその顔に向かって、

「本人、だったよ」

と片目をつぶって笑うと、ポカンと口を開けたまま固まってしまった。

その晩からメールは来なくなった。ただ、死ぬまで封じ込めようと土深く埋めた数々の思い出を引っ張り出され、振り回された事実は精神に大きな、しかもろくでもない痛手を与えたことはまちがいない。だが、もうひとつ分かったことがある。それは自分自身の今の身の上がどうしょうもなくろくでもないということだ。ひかりの死に何ひとつ正面から向き合おうとせずただひたすら埋め続けた自分。彼女の死を乗り越えられず朽ちていこうとしている自分。世間的な目から見れば自分は成功者なのかもしれない。だがそこに精神はまるでない。心と呼べるものは微塵もない。塗り潰された黒い画紙と、それを埋め尽くすために貼りつめられた色とりどりの紙切れがあるばかりだ。はい、瀬尾です、と聞いたその時から何かがにわかに崩れ、狂い始めた。

ひかりの声が体のどこかで呼びかけてくる。

「そう思う京ちゃんの心がみっともないの」

と――。

考えてみれば、たとえ誰がやったにせよ、このひと月のメールの数々は、この世界の向こう側からのひかりの恋文だったような気がした。それが炎と水のように受け入れがたいものであったとしても……。そうして、埋めようとする心は、ひかりを失ってなお彼女の指先に必死でしがみつこうとする姿の裏返しの姿であったのかもしれなかった。

そんな十月の終わりに再びメールが届いたのであった――。

三、永久欠番

「十一月三日、午前十時に源内小屋の前で待っています　これが最後のメールです　京ちゃんへ　ひかり」

読んだ時強烈な迷いが真っ先に来た。もし行けばメールを送り続けてくる相手に会えるかもしれないが、行くこと自体、自分の命をおびやかす可能性が多分にあるのだ。しかも相手が来ることは保証できない。もし天候が悪ければ……。数え切れぬ憶測と疑念が頭の中を乱れ飛んだ。

選び取った結論は、「行こう」というものだった。死ぬかもしれない。いや、死んでもかまわない、強く思った。このメールを無視してしまったらひかりに対するまっとうな気持ちがそっくりそのまま失われるような気がしてならなかった。それは死ぬよりも苦しい。ひかりへの気持ちはウソいつわりなどなかった。今でも確心を持って言える。その心のあり方を否定されることは耐えられなかった。

ウソでもかまわない。相手が来なくてもいい。ひとつの大きな区切りがその場所とその時間にある、そう自分に言いきかせた。

約束の日までまだ一週間以上あった。その間にもし自分が死んだ場合店をどうするか、家をどうするかなど細々(こまごま)とした指示を書き残した。ただ、自分の身の回りは片付けなかった。そんなことをすると決まって早死にすると友人から言われたことがある。だからそれはしなかった。それから、毎日少しずつ歩く距離を伸ばしていった。初日は二キロ、二日目は三キロ、三日目は四キロというふうに。歩いてみると案外いけた。ようするに気持ちの問題なのだと胸の中で繰り返した。しかし、四キロ歩いた日の夜は疲れ果ててなかなか寝つけなかった。

四日目は休んで、五日目は近くの三郷山(さんごうやま)をリュックを担いで登り、六日目は五五〇メートルの朝熊山を四時間もかけてゆっくり登った。さすがにこの時は動悸が異様に激しくなり、三回も胸の痛みを感じその場にうずくまるハメとなったが、意地だけで登りきり、そして下山した。

単純に計算すると、御在所のロープウエイ山麓駅は標高約四〇〇メートル。源内小屋は八七六メートル。五〇〇メートル弱の高低差がある。少々きつい場所もあるが三時間見ておけば大丈夫だろう。朝熊山が登れたのだから……。それ以上登るとなると体がもたないだろうが源内までなら行けるはずだ。

問題は天候だ。水曜から三日の金曜にかけて台風が接近し、太平洋沿岸をかすめる可能性があった。ひょっとしたら源内まで辿り着けても下山できないこともある。そこで源内小屋に電話して予約を入れた。

下準備はすっかりできた。前日にリュックに必要な物を全部詰めた。必要最小限の量だ。無駄な荷物は一切持たない。これは登山の基本だけれど、もちろん体力にあわせてのことだ。こんな小さな常識も忘れかけている自分がおかしかった。初めて山に入るズブの初心者みたいだ。笑えたけれど、これが今の自分に突きつけられた現実の姿だ。

体力の温存を考えて、前日に湯の山まで電車で行き、温泉旅館に一泊してから登ることにした。情けない——ふとため息が出た。

準備をしている間、本当にひかりに会いに行くような不思議な感覚に体が満たされてゆくのが分かった。ありえないことなのにニセ物の感覚だとは思えなかった。ひょっとしたら奇跡は一度きりではないのかもしれない……。無意味と言われればその通りだろう。しかし、無意味にも意味がある。そう信じた。幻はあっちにもこっちにも転がっているだろう。その幻が本物なのかそうでないのか誰が答えられるのだ。生まれたことも、出会ったこともまるまる幻かもしれないのだから――。

十一月二日から雨になった。台風の雨雲が紀伊半島にかかり始めたからだ。予報では三日の朝が一番降雨量が多いらしい。だが迷いはひとつもなかった。

二日の夕方、湯の山の鹿の湯に着いた。山にはぶ厚い雨雲がかかっており、中腹から山頂までの視界はひどく悪い。北側に広がる四日市や桑名の街の灯も雨に煙ってよく見えなかった。情況としては劣悪といっていいだろう。

体調は悪くない。これ以上天候が崩れなければいけると思った。まだ最悪ではない。

夕食の時、女将が、

「明日、山登りですか?」

と訊いてきたので、

「源内まで」

と答えた。

「明日は降りますねえ。山頂までならロープウエイで行けますのにね。源内はね……」

そう。歩くしかないのだ。相手が山頂を選ばなかったのはそこに意味があると考えたからかもしれない。自らの足で辿り着く以外はないのだ。

——翌朝、宿を出る時は小雨で、ところどころに青空も見えていた。レインウェアを着、ザックの中身が濡れないようにしてから山を見つめてゆっくりと歩き出した。午前六時五分。辺りはまだ暗い。六時十六分が陽の出のはずだが、この天候では朝日の恵みを受けることはないだろう。

ヘッドランプを点ける。蒼滝不動まで普通十分だが、用心して二十分かけて歩く。心の中はカラッポだった。登るためだけに登る。それだけだ。なつかしい光景がライトの明かりに次々に現れる。蒼滝橋からしばらく川の流れに沿って歩いた。少しだけ息が上ってくる。

登山届のポストのある広場には七時過ぎに着いた。周りが明るくなりだしたのでライトを消した。誰一人登山者は見あたらない。

北谷に沿って十分歩いたところで土砂降りになった。首にタオルを巻き雨がしみ込むのを防ぐ。それでもじわじわと胸元が冷たくなってきた。雨粒が目に入って痛い。風は谷から吹き降ろしてくる。どんどん視界が狭まってくる。川の水量が増え、薄茶に濁って渦巻きながら大岩を噛んで流れてゆく。水音が大きく響いて耳に届いた。

二つ目の丸木橋を渡った所で小休止した。心拍は相当に上がっている。雨の中の登りは苦しい。だが、できる限り早く登らねばならない。これ以上降水量が増えると谷川にかかっている小橋が渡れなくなるからだ。

お茶を飲み、チョコレートをひと口食べ、薬も飲んだ。八時三十分だ。

河原を五分間早足で歩いた。大きな石がゴロゴロしていて足場が悪い。十数年前大崩落があって景色がまるっきり変わっている。ところどころに赤ペンキで矢印が書いてある。それに従って道(ルート)を辿った。

八時五十五分、西谷小屋を対岸に見ながら歩く。小屋は雨の中かろうじてぼんやりと見えた。ここも大崩落の時、大きな痛手を受けた。どんな具合か立ち止って見ようとしたがハッキリとは分からなかった。

丸木橋を渡る時は真剣そのものだった。水が橋スレスレに流れ、時折波がぶち当たって飛沫を上げている。迂回路はない。ふだんは青みを帯びている水が今はまっ白だ。木橋の上は滑りやすい。波の間合いを見はからいながら一気に渡った。心臓が踊っている。それでも登る。登ることは哲学でも思想でも埋めることでもない。それはたったひとつの純粋な行為そのものだった。登らねばならない。ただ登るのだ。埋めるのではなく登るのだ。

つづら折れの山道を抜けると、広大なガラ場が目の前に姿を現した。しかもその三分の二はガスで見えない。そこら一面を埋め尽くす巨石が行く手をさえぎる。ルート表示の赤矢印を必死で探す。巨石の群れは見る者を圧倒する。こんな物を転がす水の力を想像することもできない。

矢印がなかなか見つからない。たたきつける雨音がすさまじいしぶきを上げ目を開けているのが辛い。一つの矢印を探すのに五分かかることもあった。汗と雨で体が冷えてくる。多分気温は五度前後だ。ふとアルプス縦断レースの時のことを思い出した。あの時は忘れるために、埋めるためだけに登った。それは純粋な行為のように見えたが、ヤケッパチのニセ物だったのかもしれない。

何が本物で何がニセ物なのか? そんなことはよく分からない。人の行いの純粋な尊さとは何なのか。何も分からなかった。もう考えるのはよそう。足を踏み出す。それしかない。

息が乱れ始めた。胸が苦しい。肺が重たい。

五合目の手前で視界が五メートルになった。一つ一つ慎重に岩肌を見つめ、あるいは手探りでルートを見きわめていった。あと二十分ぐらいのはずだ。川の音も雨の音も聞こえなくなった。たったひとりになった。寂しくはなかった。おじけづきもしなかった。ただ体の限界がそこまで来ていた。目がかすんでくる。

巨岩群は四十分をついやしてかろうじて抜けることができた。たった一キロ程度の距離を歩くのに四十分だ。だが、もう笑えなかった。

最後の木橋まで来た時、時計は九時五十分を指していた。息切れが激しい。考えられぬぐらい足が重い。その目の前に水没しかかった木橋が横たわっている。飛沫で真っ白だ。

カラの頭は何ひとつ恐れない。迷いもせずそのまま渡る。うっかり一歩踏みそこなった。対岸に着く直前だった。不気味な感覚が全身を走り、フッと無重力に支配される。気がついたら両手で丸木にしがみついていた。腰から下は激流の中力一杯踏んばっている。無意識でも命は前向きなのだ。幸い上流側に落ちたのと水深が浅かったので、あらん限りの力をふりしぼり岸にはい上がった。

まだくたばるのは早い。そう声に出し、立ち上がった。天がグルグル回っている。

再び足を踏み出す。次の木梯子をよじり登る。何度か視界がかすんだ。それでも、立ち止まっては歩き、歩いては立ち止まりを二十回以上繰り返し、夢遊病者のようにさまよいながら、とうとう源内小屋の水飲み場に辿り着いた。時計は十時を五分回っていた。

雨脚は依然として激しく、そこら中で雨粒がはじけて世界をきっちりと閉ざしている。その時は、辿り着けたという意識ばかりが強烈に作用して、自分が何をなすためにここまで来たのか、ほんの少しの間忘れた。

ようやく落ちつき、寒さに身をブルッと震わせ、ザックをテーブルの上に置いた。息が途方もなく早かった。ひとつの動作を起こすこともけだるい。

ゆっくりと辺りを見回す。ひとっ子ひとり見当たらない。やっぱりデタラメか、そう思ったが不思議と落胆はなかった。まあいいや、やれるだけはやった。上出来じゃないか。今回は前だけめざして歩いたんだからな——。そこまで考えた瞬間、いきなり胸と背中に鋭い痛みが走った。まるで電流だ。

——とうとう来たか。ひかり、会いに来たよ。もうすぐ会えるかもな……。意識がおぼろになる。ひかり、来たよ、と胸の内で叫んだ。

胸を押さえてうずくまった時、

「京ちゃん」

と、うしろで呼ぶ声がした。顔をしかめ、ハッと振り向くと、ひかりが、立っていた。あの黄色いバンダナをして……。確かにひかりが立っていた。

すうっと頬がゆるんだ。そしてそのまま意識を失った——。

どれだけ時間が経ったか分からない。夢を見ていた。ひかりと二人で写真を撮った夢だ。桜の木に二人もたれて笑っている。春に花見をしたおりの写真だ。ひかりは紺の野球帽をかぶって右手に焼きトウモロコシのかじりかけを持っている。屋台で買ったヤツだ。コロナの時は屋台なんてなかったし、花見どころじゃなかったな……。あの屋台のオヤジは今どこでどうしてるのかな……。とりとめのない思いがとりとめもなく巡った。ひかりと出会って何年が過ぎ去ったのだろう。――掌に感じる桜の幹の感触がゴワゴワしている。見ると白い平べったいコケがところどころにへばりついている。ああ、これウメノキゴケだ……。リトマス紙を作るコケだ。……ひかり、トウモロコシ冷めるよ、そう言おうとしてひかりの方を見たら、彼女はどこにもいなかった。そのかわり食べかけのトウモロコシを自分の左手が握っているのだった。

――そうか、ひかりは死んだのだ。くだらない争いごとの末に。悲しみだけがものすごい勢いでせり上がって来る。ひかりは二十三年も前に目の前から消えてしまったのだ。

雨の音が聞こえる。風の音も遠くで聞こえる。西の風だな、なぜそう思うのだろう。確かに西風だ。雨が止むのだろう。雨…？ 風の音…？ ここは…どこなのだ？

体の節々が痛む。目を開けようとするのだが思うようにならない。瞼が鉛みたいだ。ようやくなんとか目を見開いた。薄暗い部屋だ。部屋の真ん中で小さな電球が揺れている。やはり雨の音がする。ゴォーと風が吹き過ぎ電球がぐらっと揺れた。体にも毛布が掛けてある。布団の上に、寝ていた……。そうだ、ここは……。

誰かが部屋に入って来る足音がする。誰だろう？

その人は、静かに歩いて来ると、すっとしゃがみ枕元に正座した。黄色いバンダナを頭に巻いている。一気に気憶がつながる。体を起こそうとしたができなかった。わずかに首が持ち上がっただけだ。

「起きちゃダメ」

声が制した。手が肩に触れる。目が、合った。肩まで伸ばしたセミロングの髪、大きな瞳、ひかり？　いや違う。ひかりではない。どこかが違う。

「気がつかれました。大丈夫です」

女は部屋の入り口に向かって言った。

「山小屋の主（あるじ）の源さんです。心配いりません」

女は立ち上がると左手で電気をつけた。左利きなんです、ときいてもいないのにつぶやく。声がひかりにそっくりだった。この人はいったい誰なんだろう。思考がつながらない。

「君は、誰なんだ？　メールを送ったのは君か」

じっと注がれる視線をそらし気味にして女は再び正座した。女の顔に緊張が見える。

「ともりです」

「ともり？」

「瀬尾、ともりです」

「瀬尾？」

頭が急速に回転し始め糸をたぐる。ひかりと同じ名字だ。瀬尾、瀬尾と言葉が馳せた。

「須藤さんに会うのは二回目です。初めて会った時、ぎゅっと手を握られました」

息を呑んだ。だし抜けに記憶の一コマが蘇った。まさか…病室で会った…。

「あの女の子か。ひかりを見舞いに来た時の」

驚くほど澄んだ瞳が鮮やかに思い出された。

女は静かにうなずいた。信じられないという思いが体中を満たしている。

「そのバンダナは君のか？」

ともりはゆっくりと首を横に振った。

「ひかりちゃん、私の叔母のものです。覚えてますか」

「もちろん覚えている。ひかりが初めてうちに来て買っていった。俺がレジで包んだ」

ともりはまばたきもしない。彼女の顔を息をつめて食いいるように見つめた。

「叔母は落石にあった時もこれをしていました。そう聞いています。このバンダナに岩が当たったんです。少しだけ破れて、血もついてます」

彼女はバンダナをはずし、それを床の上に広げた。端っこに三センチ四方の穴があり、その周りに黒いシミがあった。発作のように悲しみが舞い戻り時が止まった。

「これがなければ叔母は即死でもおかしくなかったそうです」

さし出されたバンダナを受け取ると、ほんのりと温かかった。手が細かく震えた。

「たとえ一ヶ月だけでも、叔母は命を永らえました。あなたが守ったんです」

女の瞳はかすかに動く空気の中でまっしぐらなまなざしを送ってくる。睫毛の影がほんのわずかに濃淡をゆらした。

「なぜ、俺とひかりしか知らないことを知ってる？」

女は、静かに息を吐き、部屋の隅からザックを引き寄せた。年季の入ったザックだ。

「これです……」

差し出されたのは二冊の日記帳だった。その青い表紙はシミひとつなく、きのう今日買ってきたような新しさがまだあった。

「ひかりちゃんは記録魔だったの」

彼女はようやく少しだけ表情を崩し、それを膝の前に置いた。

「半年ほど前、おばあさんが亡くなりました。ひかりちゃんのお母さん。ひかりちゃんと私の母は女だけの二人姉妹（きょうだい）で、ひかりちゃんは家を出て一人で暮らしてたから、母が養子さんをもらって瀬尾の家を継いだんです。おばあさんが半年前に亡くなって遺品を整理してた時、その日記帳が出てきました。私、三才の頃からひかりちゃんに山に連れていってもらってたから、山、登るんです。叔母に憧れてました。だから日記帳を二冊ともももらって端から端まで読みました。この二年間の記録のうち半分近くはあなたのことが書いてあります。何度も何度も覚えるぐらい読みました」

何ということだ。ひかりとの二年間を共有する人間がもう一人いたのだ。ともりの瞳はゆるぎなく深い色をたたえている。もはや言葉は何ひとつ用をなさない。

日記帳をそっと開き、最後の一ページに目を落とした。平成十四年八月三十一日土曜日。右上がりの角ばった文字はまぎれもなくひかりの字であった。

『人間の深い部分の心根が分からない。無頓着なのは私の罪なのかな。あんなに怒った京ちゃんは初めてだった。どだい天然の私には人の心が折りなす模様が見えないのだ。怒られてなぜって思うのがその証拠だ。これからはもっと気をつけようと決めた。大好きな人に怒られるのは辛すぎる。それに私は自意識が異常に強い。父を早くに亡くしているからかな。山に関しての負けん気は人一倍強い。確かに私は私自身で誰でもない。それはそうだけど言い方がいけなかった。分かってる。分かってるけど言ってしまった。あーあ、神様、どうかこのへらず口を治して下さい。人を傷つける口はいりません。プライドの高い自分もいりません。お願いします。京ちゃんがもとの京ちゃんに戻りますように。京ちゃんは私の永久欠番です。誰もかわりなんかないいんです。お願いします。

明日国見尾根から国見岳へ行って、スカッとしてから京ちゃんと仲直りしよう。神様そうします。

よし、行くぞ。今十一時二十分だ。明日は五時に出よう。仲直りはＭａｙｂｅ、多分大丈夫。何にも心配なんかない』

読んでしばらくは動けなかった。じわじわと押し寄せてくる感情の波が真っ青で、ほんのわずかも動くことができない。時が永遠の永さをあざわらいながら、一瞬の影を焼きつける。肉体だけが消し飛んだ人間の影が見えた。そこにあった鮮やかな命の形は消えてしまったのだ。どうしたって取り戻すことはできないのだ。

ひかりの死が正面切って目の前に突きつけられた。言いのがれも、瞳をそらすこともできない寸分たがわぬ現実を――。

体はずっと小刻みに震えていたが、涙はなかった。涙などはるかうしろに置き忘れた。かろうじて顔を上げる。

「なんで君は、俺にメールを送った？」

ともりの視線がまっすぐにやってくる。しかしその二つの瞳はまちがいなく熱をはらんでいたが、何を問いかけているのか考えもつかない。彼女はふっとまなざしを揺らした。

「私が……私自身が誰なのかを知るためです」

あまりにも意外な答えに、今度はこちらの瞳が宙を泳いだ。

「でも須藤さんの手の力強さが忘れられなかったのは確かです」

「俺の手の……」

「はい。生き続けなければならない人間の、力のこもった手です」

ともりの瞳はうるんでもいないし、険しい光も何ひとつない。

「あんな小さな子どもが思ったのかい。信じられないよ」

「理屈じゃないの。分かるんです」

トーンは同じだが、言葉に気迫が感じられた。わずかにだが気圧(けお)された。

「そうか……。でも俺にはわからない」

「信じてくれなくてもかまいません」

「日記を読んでからの後付けの気持ちじゃないのかい」

「いいえ。あの時のあなたと私は同じだったんです。子どもでもあろうと大人であろうと関係ない」

ともりの目に光が宿る。そうだ。あの時と同じだ。雨が天から降るような透きとおった時間……。体のすき間を黙ってすり抜けてゆく風。あの時、二人の間に隔てる物はこれっぽっちもなかったのだ。

わけの分からないぐちゃぐちゃの感情が津波となって押し寄せてくる。出し抜けの思いもよらない一瞬がそこにあった。

――ともりを力いっぱい抱きしめていた。彼女はこころもち顔を上げ、天井の電球を見つめている。後れ毛の影がくっきりと黒い。

「ひかり」

しぼり出すような苦しい声で言った。

「はい」

彼女は瞼を静かに閉じる。

「すまなかった。君が永久欠番なんだ。俺の」

答えはなかった。小さな震えを体で感じた。彼女はすっと顔を上げ目を開けた

「何を夢見てたの？」

聞こえるか聞こえないかそんな声が耳に届いた。

考えあぐねてたった一言だけ、

「そんなものはなかった」

とだけ吐き出すみたいに答えた。

「お馬鹿だね。あの時も今もさ」

「ひかり……俺は埋めてばかりいた。怖かった」

「京ちゃん、変わらないね」

「俺はいつまでたっても馬鹿だよ」

すっと彼女は体を離し、ニイーッと笑った。

「お馬鹿は今日までだよ。ハイ、お薬の時間。探したらポケットに入ってた。ここまで担いできたんだよ。大変だったんだから。薬、自分で飲んでね。朝はあたしが飲ませたけどね。死んじゃったらどうしようかと思った。覚えてる？」

「覚えてない。なんで君は薬のこと知ってる？」

「これでも看護師なんです。ひかりちゃんと同じ」

「参ったな。病院は？」

「ひかりちゃんと同じ相生病院。あたし、自分ではひかりちゃんの生まれかわりだと思ってる」

「それはちょっとヘンだな。ひかりが死んだ時、君はもう生まれていたんだから」

西の風が北西に変わったらしい。北側の窓がカタカタ鳴っている。雨が小やみになった。

「今、何時？」

「五時二十五分です」

「ずい分眠ってたんだな」

「そう。二十三年間もね」

「目覚ましが鳴ったんだ」

「ちょうどいい具合に私が鳴らしたの」

「そうかもしれん」

「立てますか？　夕飯食べられるよね」

「もちろんや」

「京ちゃん大人になったね。しゃべりかたがオッサンだ」

ともりはクスクス笑った。

「二十三年もすりゃあな。オッサンさ」

立ち上がりかけて、不意に涙がボロボロ溢れているのに気づいた。どうしても止めることができなかった。

「みっともないな」

ともりは瞬きもせずに見つめ、ゆっくりと首を横に振るのだった。

夕食を食べてから湯で体を拭いた。体の芯にしみ入る温かさだ。

それから部屋に戻り、少しだけ日記を読んだ。やはり辛い。何度も閉じかけた。

泊まり客が他に誰もいないのにともりは同じ部屋で、小さな座卓の前に座ってリンゴを剥いている。それでも一向に場ちがいな気がしないのだ。何年もいっしょにいる気がした。

「無理に全部読んじゃ苦しすぎる。その日と同じ日付けのページをひとつずつ読んで下さい」

「そういう読み方もあるのかな」

パタンと日記帳を閉じる。

「宝物にも刃物にもなるから」

「君にとっては刃物なのか？」

「どっちも」

彼女はリンゴにつまようじを刺し、どうぞ、と手渡す。ナイフがパチンと閉じられる。

「一度だけあなたの店に行きました」

「いつ」

「五月五日……」

顔を上げ、ともりの顔に視線を注ぐ。

「日記を読んだ衝動なのかな。居ても立ってもいられなくて……。あの時、手を握ってくれた人がどんなふうに生きてるのかなって……。この目で確かめたくなった。たやすく会えるとは思わなかったけれど」

「そうか……。それで、会えたかい？」

「会えたよ。二階でコーヒー飲んでたら、窓の所で昔の登山仲間と話してた。笑って……」

「俺の顔、どうして分かるの？」

「ひかりちゃんの携帯は私が持ってる。データは全部私のスマホに保存されてます。番号も受け継ぎました。だから写真も残ってる……」

ため息しか出ない。もはや、ともりはひかりそのものではないか。だが咎める理由はひとつもありはしない。

「俺の顔、昔に比べてフヌケてただろう？」

「いいえ。思った以上にそのままでした」

苦笑いするしかない。

「でも、たったひとつ、ひっかかった言葉があります」

「言葉？」

ふっと視線が拮抗した。

「山はやめた、人を不幸にする山登りはごめんこうむるって言った。みんなは笑ってたけど、あなたは笑いませんでした」

ぼんやりと記憶がある。中部山岳会の顔見知りと雑談していた時のことだ。

「気がつかなかったよ。こんなにひかりに似た人が近くにいたのにな」

「マスクしてたし、顔見られないようにしてたから。あなたがレジ係でなくてよかった」

「病気のことは知ってたのか」

「知ってました。話の端々に出てたから。でも、こんなに悪いとは思いませんでした。ごめんなさい。」

「俺は自分の意志で登ってきた。誰にも責任なんかない。たとえ死んでも」

「来ると信じてました」

「ロクでもないジジイになるのはごめんだ。そう思っただけだ。君は俺が死ぬのを見届けに来たのかい。それは悪意なのか、興味だけなのか、どっちなんだ？ 俺には分からない」

ともりはしばらくぎゅっと口を閉ざし、苦しげにこっちを見つめた。突然、頬の赤みがすうっと引き、信じられないほど白くすきとおった。

「ウソでも、形だけでも、もう一度だけ思い出して欲しかった」

息を呑む静けさが瞳の中にあった。そこに青白い焔を見た気がした。

今が唐突にこころもとなく崩れた。時計の音がやけに大きく聞こえ、風の音に混じり去る。小屋が揺らぎ、ともりの影法師が左右にあわくかすんだ。うつろな時間が見えない向こう岸から音をたてずに忍び込んで来る。それは透明な管だ。そいつがどんどん太くなった。まあるく切り取られた薄闇の中で、二人だけがほの白んで宙に浮かんでいる。

ひかりと過ごしたありとあらゆる場面が眼前で閃(ひらめ)き、スチール写真みたいに次から次へとフラッシュを繰り返した。自分の意識とは違う別の所で時間が渦巻き、逆まいている。ほとばしる陽の下でうねり続ける潮(うしお)だ。流れの果ての海はとてつもなく青く、底知れぬ輝きをそこら中にぶちまけている。

身を投げてしまいたい、そう願った。それは願いというより祈りだった。

来てくれたの、声が降ってくる。ひかりの声だ。ありがとう京ちゃん。ごめんね。

ひかりが手を差し出す。自分の輪郭があやふやになる。二、三歩よろめきながら歩いた。

落ちるな、登れ！　頭の片隅で別の声が呼んだ。そのはざまで浮きつ沈みつしながら、体はじわじわと海を望み続ける。海に近づいてゆく。流されるな！　頭の声が呼び止める。

来てもいいんだよ、京ちゃん。標識(タグ)は抜かなくていいよ。抜いたらもうこっちに戻れないから。そのまま泳いでおいでよ。

ひかりの声が耳の奥でワンワンと響いた。時間の海に果てはなかった。

キーンと耳鳴りが頭骸を横ざまに貫く。歯を喰いしばる。奥歯がミシミシと鳴った。ごめん、ひかり。そこには行けない!! 出された手を振り払った! ひかりは寂しげに少しだけ笑った。

突然、パシッと空気が弾け、視界が切り開かれた。いや、そう感じた。

すぐそこにともりの顔がある。ともり、とかすれた声で言うと、はい、と高い澄んだトーンで声が返ってきた。ひかりの声ではない。

渦はあとかたもなく消えていた。初めからそんな物はなかったのかもしれない。

電球は、わずかも揺れていない。いちどきに気配がゆるんだ。肩で息をしている。

時計は今だけを刻み続けている。

ともりのまっしぐらな瞳は凪(な)ぐように炎を消したが、残り火の影がかすかに宿されているのを感じた。彼女はすっと肩に寄りかかった。人間の生きている重みがそこにあった。

「落ちていけないよ。どこにも。あたし」

髪が匂い立つ。静かにその肩を抱き、そして、ゆっくりと押し返した。

「落ちない。登るだけだ。君も、俺も」

ともりの肩は冷たかった。毛布を掛けてやると、彼女はそれを両手で握りしめて泣いた。

――風の音はもうどこにも聞こえなかった。

四、星　ひとつ

ともりとはロープウェイの山麓駅で別れた。昨日とはうってかわって深々とした空が広がっていた。あまりの眩しさに目を細める。

バスに乗る直前、彼女はポケットからあの九官鳥のマスコットを出した。正直びっくりした。

「これ、お返しします。もうしゃべらないけど」

「ひかりは持っていかなかったんだな」

掌に載せてじっと見つめた。

「いいえ、持っていきました。そして帰ってきました」

「そうだな。帰ってきたんだな」

するとともりは、

「九官鳥は飛べるんです」

と首をかしげておどけて見せるのだった。

――あれからもう二週間もたつ。ともりからのメールはひとつもない。一回だけ「どうしてる？」とメールしたがつながらなかった。

日記は毎日その日の分だけ読んでいる。辛い時もあるけれど少しずつ慣れた。

秋アカネの数もめっきり減った。もうすぐ冬だ。——胸の動悸はようやくおさまった。

来週は手術だ。しばらくは外を歩くこともままならないだろう。だがもう一度登ろうと決めた今、それは取るに足らないことだ。

桜の木から手を離しゆっくりと歩き出す。木肌の温もりが掌にうすく残った。

スマホが鳴った。ハッと身構えたが仕事のメールだった。ストラップの先っちょで小さな九官鳥が揺れている。しゃべらぬ九官鳥が。

ゆっくりと動く積雲の影がいっとき歩道を滑ってゆく。信号がピッポ、ピッポと鳴った。

見上げるとその白い積雲のもっと高みで、たったひとつの真昼の星が惜しげもなく光を放っている——。

窓は、開いた。真昼の星は何度でも登って来るだろう。青ざめた海にも。冷えきった山稜にも、そして起きぬけのけだるそうな人々にも。全てのものに朝の光を届けるために。全てのものに翼を運ぶために。


（看護師の呼称は平成十四年四月一日に統一されたが、当時まだ一般的ではなかった。この物語中では回想部分では看護婦、現代の場面では看護師をあえて併用した）

綿帽子の家

（星ひとつ　第二部）

その家は二階建てで、屋根のてっぺんがなぜか真っ白に塗られている……。

第一章　雨の降る部屋

雨が、降っている。家の外も、家の中も。

今年の梅雨は妙に力強くしつこかった。アジサイがたくさん庭に咲いたが、六月の下旬ともなればその色鮮やかさもさすがに翳(かげ)りがみえる。翳りがみえるのは何もアジサイばかりではない。人間の体力にもそれにあてはまる。何だか体が重たい。

二階の、書斎とは名ばかりの自分の部屋から、ぼけらァっと庭を見るともなく眺めている。チョップン、ポテ。タップン、ピチュ。まるで音楽だ。竹筒に砂や小石を入れたレインスティックという楽器があるが、それとは全然違う。楽器なら水は飛んでこない。たまに飛んでくるとしても唾ぐらいだ。けれどこいつは違う。音がするたびに頬っぺたにしぶきがかかる。それが何にもまして不愉快なのだ。これならまだ外の方が濡れない。何だか落語みたいだ。これでは書斎なのに本など置けやしない。

　ハァーと長大なため息をつく。永遠の影をはらんだような永い永い吐息だ。

　妻は仕事からまだ帰らない。今日は遅くなるらしい。だだっ広い家にたった一人。誰も尋ねてこない。自分の仕事は土日が休みじゃない。妻もそうだ。休みが不定期なのだ。子どももいないし、話し相手もいない。しかも雨！　こんな夕方は何となくけだるい。

　チャッピン、タッポン。雨粒はずうーっと弾けている……。ピッタン、タポン……。

　この家を見つけたのは去年の秋だった。二人で街はずれにある四百メートル級の山に登った帰りだった。山は市の中心から十五キロ程離れたところにあった。その中腹には風穴（ふうけつ）があり、内宮の地下まで延々と続いているという伝説もある。風穴には入らなかったが（妻は閉所恐怖症なのだ）山頂まで登った。その帰りに唱久寺横の駐車場まで歩いた時のことだ。

　紅葉は少しずつ始まっていて山の高みでは広葉樹がほどよく色づいていたが、山裾はまだ葉の緑が勝（まさ）っている。

妻はゆっくりと歩きながら、瀬の所で岩を噛んで白くさかまく川を指さし、

「魚、いるよ。あれ何？」

と振り返った。じっと目をやると瀬の下の淵になったあたりでキラリと鱗が光った。

「たぶんカワムツ」

ふーんと上の空の返事をしながら、もうそれには興味がないらしく、目は早くも川とは反対側の山手の方をさまよっている。そしてハタと歩みを止めた。

おととし心臓の手術をした自分を彼女はいつも気づかってゆっくり歩いてくれる。はるかに歩みの遅い自分を時々立ち止まって待ってくれた。でも、今回のはそれとはちょっと様子が違う。いきなりだったので、ドンと背中にぶつかってしまった。

「急に止まんなよ」

アラ、ごめん、彼女はちらっとこっちを見て笑った。大きないたずらっぽい瞳がクリクリ動く。

「あれ見てよ。お寺のちょっと上」

「お寺？」

「うん。あの家、おもしろい。屋根のてっぺんだけ白い」

言われるままに視線を注ぐと、お寺の五十メートルぐらい上に大きな樟（くすのき）があり、そのす

ぐそばに段々畑があった。段々畑の一番上は小広い平地になっていてその奥に家が建っている。見たところかなり古そうな家で、なぜか屋根の瓦が上から一メートルぐらいの所まで白く塗ってあった。

「雪みたい。何なんだろ。アレ」

「漆喰(しっくい)やないの」

「でもさ、なんであの家だけなの?」

言われてみればそうだ。志摩地方に行くと時々みかけるが、ここらではほとんどない。

「あそこだけ風が強いとか……」

妻はひょいと顔を上げにぃっと笑った。

「すごい思いつき。まさかね」

ぶすっとふくれっ面をしたら、そんな事おかまいなしに、

「あそこまで行ってみよ」

とマジな顔で言うのだ。

「ハァ? 車、そこやのに。あそこまでだいぶあるよォ」

「アルプスもヒマラヤもやった人が何言ってんの。タワゴトだ」

「病み上がりだぜ」

「バーカ。病み上がりに登山なんかしないよ」

もうダメだ。これっぽっちも言うことなんか聞きやしない。人を心配してくれるかと思ったらその反面コレだ。思う間もなく、スタスタ歩き始めている。彼女はまだ二十代だから歩くのも速い。

くねくねと細い道をあっちに行き、こっちに行き、十分ぐらい迷いながら辿り着いたその家はやはり相当のボロで、しかも無人らしかった。土台はしっかりしていそうだが、何せ板壁やら屋根やら戸板やらむやみやたらと古い。土の壁があったが、ところどころに拳大の穴まで空いている。家自体は二階建てで大きい。だがそれは家というよりは納屋に近い。庭にはアジサイと梅の木が植えられており、山手の崖の近くには栗の木もあった。

「ねえ、これ見て。貼り紙あるよ」

彼女は、ホラッと言って指をさした。どれどれと横から覗きこむ。

> 家　売ります　住んでくれたら嬉しいです
> 土地つき　庭つき　二百五十万　ついでに
> 運もつきます　保証します

エッと目を見はった。まさか、まさか。どう見たって四百坪はある！　そんな安いはずがあるわけない。頭の中でめまぐるしく電卓が稼働する。妻は値段にはてんで興味がないらしく、ひたすら貼り紙に見入っている。

「京ちゃん、運がつきます、って、どっちのつく？　身に付くのツク？　尽きるのツク？」

さて、パタッと思考が停止してしまった。ん？　何だよコレ。しかし何ちゅう貼り紙だ。

「尽きるじゃないやろ。もし、尽きるって書いてあったら誰も買わねえよ」

「そうかなあ」

ハッとして妻の顔を見たら瞳が尋常じゃなくキラついている。これはマズイ。まずすぎる。何かがモロに起きる。そんな気配だ。

「山小屋みたい。オモシロそう。面白い」

いやいや、面白くありません。言おうとして先手を打たれた。

「買おうよ」

もう体全部が!!になった。

「今の家はどうすんの」

「行ったり来たりしたらいいじゃん」

ああ、恐れ入った。何考えてるんだか。

「車一台買うお金でこの自然が丸ごと手に入るんだよ」

違う、違う、違いすぎる。分かってない。

「このボロさだぜ。直したり、建てかえたりしなきゃいけないだろう? かえってお金がかかるんだぜ。税金とか払わなきゃならんし」

「京ちゃん、その年で二年前までは独身だったんでしょ? しかも社長だし。アタシも半分出すからさ。こんな静かな所がいいよ。京ちゃんの家、まわりが騒がしすぎるよ」

確かに今の家は繁華街のどまん中にあるから騒がしかった。夜中に酔っ払いが大声はり上げて歩いていくなんて日常茶飯事だ。でもそれとこれとは話が別だ。

「運が尽きたらどうすんだよ」

言葉に窮してそう叫んだら、

「運なんてずうーっと昔に尽きてたでしょ」

ぐうの音も出なかった。それを出されると返す言葉がない。かなりムカついたが、あえて反論するのはやめた。

「運の尽きた人がもっと尽きるとどうなるか試してみるのも楽しそうじゃない。きっと反対側に飛び出すんだよ」

ホワイトホールか! やめてくれ。

「車一台。そう思えば安いよ」

やはり、運は尽きる方向らしい。

「二国二城の主だよ」

妻は喜々として能天気に笑うのだった。

——というワケで、何と言おうが彼女は買う、の一点張りだった。こうなるとどうにも止められない。妻に何の不満もなかったが、このかたくなさには参る。手のつけようがないのだ。道理にはずれた理不尽さではないがそれゆえかえって困り果てるのだ。

結局、貼り紙に書いてあった番号に電話して家ごと土地を購入することになった。

家主さんは八十代のごく普通のおじいさんで気さくな人だった。話はトントン拍子に進み、あまりにスラスラ事が運ぶので何だか気味悪いぐらいだ。老人は早くに妻をなくし、一人で生活するのがこころもとなく、昨年から息子夫婦といっしょに暮らしているという。

老人は髪が真っ白であの家の屋根みたいな頭の色をしていた。

彼は妻の顔をじいっと見、

「奥さん、あんた持ってますな、運を」

と笑った。妻は、ん?というように首をかしげたが、じいさんは、

「あんた、ただ者やない。竜がついたか、魔がついたか。しかも一ぺん死んどる」

と訳の分からない事を勝手にしゃべり、ニヤリと笑った。妻はおそるおそる、あのう、と切り出し、

「運は無くなるの？　それともツキまくるの？　どっちですか」

と不安半分に尋ねた。

「あの家の裏に二メートルぐらいの小さな滝がある。そこに全部書いてある。ツクかどうかは人の気持ちしだいやな」

と、またしてもニヤッと笑い、ナゾめいた言葉を平然と残すのだった。

ハァ、とマヌケた返事をつぶやきながら、彼女はポケェとじいさんの顔を見つめているのだった。


住んでみると家の中はそんなに荒れてはいなかった。二階に上がる階段がギシギシうるさいのと、玄関の戸の閉まりが悪いことを除けばごく普通で、相当構えて踏ん張っていた心が急に抜けてしまった。ただし、水道、ガス、電気は全て切られていた。

「電気もガスも問題ないよ。水道は外の谷川から引けばいいし。ガスはプロパン。電気はソーラーパネルを置けばいいんだからさ」

よくもしゃあしゃあと簡単に言ってくれる。

「誰がするの」

「二人で。そのために結婚したんでしょ」

理論がハチャメチャだけど、その一方で説得力がある。一応結婚は共同作業なのだから。

「京ちゃん年とってるから私、がんばるよ」

実際当年とって四十六だ。彼女はまだ二十九。奇想天外な事件からいっしょになったとはいえ、まわりの人間は犯罪だとか、考えられないとか勝手なことばかりほざいた。しかし一番奇想天外なのは妻の存在自体だった。

彼女はほとんど躁(そう)状態で明るい性格だが時々無表情になって一言も口をきかなくなる時があった。三週間にいっぺんぐらいだろうか。話しをしている時だろうと、ご飯を食べている時だろうとおかまいなしに不意に動きを止めて黙り込む。初めは何か気にさわることでも言ったのだろうかと思った。でも違った。数十秒黙りこくったあと、

「私ってさ、結局誰なんだろ」

と必ずボソっとつぶやき、トロンとした瞳で宙を見つめる。その間ピクリとも動かないのだ。それが二、三分続くのだ。

最初にそんな場面に出くわした時は面喰らいどうしていいか分からなかった。まるで別人なのだ。何かが憑りついたとしか思えなかった。黙って顔を見つめていることが自分に

できるたったひとつの対処法だった。

それは唐突に始まり、不意に終わる。時間がいきなり現実に引き戻され、パッと弾けたみたいに彼女はキョトンとするのだった。そして話しの続きを始めたり、ご飯を食べ始めたりするのだ。ＤＶＤビデオの画面が急に静止して、突然動き出す、そんな感じなのだ。本人は何も覚えていない。これは始末に終えない。どう説明しても彼女は首をひねるばかりだった。一度、スマホでその様子を撮ったが、いまだに見せることをためらっている。まあ別にこれといった害があるわけではないので医者にも連れていってないし、手だてを考えることもしていないが……。どうやらそのような状況になるのは二人でいる時だけで、仕事中や運転中は異常ないらしい。それはそれでホッとしてはいる。

で、水道は谷から水を引きタンクに貯めるようにした。電気はソーラーパネルを三枚買ってきて、東・南・西の三方向に設置した。プロパンガスだけはガス屋に頼んだ。

——家には二月初旬から移り住んだ。ちょうど梅の花が咲きかけた時分で、庭先に梅の香がかすかに揺れていた。

満足そうに縁側に腰かけた妻は、

「私の実家とそっくり。こんな家だったんだ。ボロさ加減もいっしょ」

と肩に寄りかかってくる。さらりと髪が頬に触れた。上弦の月が高く南の空にひっかかっている。梅の花がおぼろげにほの白んでいる。

「こんな家でさあ、お母さんと、叔母さんと、おばあさんと四人で暮らしていたんだ。小さい頃ね」

彼女の父は彼女がまだ三歳にもならない時に蒸発してしまったと聞いた。だから彼女は女ばかりの家で育ったのだ。

「近所の男の子とそこらまわしの山ばっか駆けずり回ってた。楽しかったな……」

しばらく沈黙が続いた。

「それで今も山ばっか登ってんのかい」

返事がなかった。アレッと思って見たら、彼女は肩にもたれたままスースーと寝息をたてていた。

二月の冷気が足首から忍び込んでくる。でもしばらくは動く気にもなれず、彼女の肩を抱いたまま黙って月を見つめていた。


なぜ、屋根のてっぺんだけが白いのか聞くのをうっかり忘れた。頭からすっぽり抜けてしまったのだ。しかし、その理由はすぐに分かった。

桜の花が咲き始める少し前に一週間ほど雨が降り続いたことがあった。その三日目だった。春の嵐が吠えまくり、家全体がガタガタと鳴動し、近くの電線が細い叫びをそこら中に響かせていた。

二階の名ばかりの書斎で、登山用品のカタログを見ていた時だ。ピッケルのカラー写真の上に、ピタン、と水滴が落ちたのだ。鼻水？と思ったが鼻はズルついていない。右手にもピシャッと水が踊った。アッと気づいて見上げる顔にもパシッときた。

雨漏りだ。きのうまでは何ともなかったのに。そのうち、あちこちで水滴がはじけ出したので大慌てでバケツやらタライやらを持ち出して受けた。トテトテ、ピッシャンの大合唱だ。何かあると思っていたがついに来たか。半ばボーゼンと突っ立ってため息をついたけど本だけは強制的に階下に引っ越しさせた。その状態は雨が止むまで続いた。

四日後ようやく青空が広がった。妻にブツクサ文句をたれながら外に出て、屋根を見て驚いた。屋根の綿帽子の白がなくなっている！見事に消滅しているのだ。

「あれ？京ちゃん、屋根真っ黒」

妻は頓狂な声を上げた。彼女は首をひねる。

「ペンキ、剥がれたかな」

いや、違う。剥がれたんじゃない。積もったのだ！

じっと目を凝らすと、何かが屋根の上で風に揺れた。落ち葉だ。うず高く積もった落ち葉だ。それは十センチほども厚みがあるように見えた。一夜にして積もったのだ。

「まさか、まさか。ありえんやろ」

「どこから来たのかな」

「あの葉っぱが水の流れを悪くしてそれで雨が漏るんや。クソ。あのジジイ。やっぱり運のツキだ」

毒づいてみてももう遅い。何とかしなければと、ハシゴを掛けて屋根に登り、雪おろしならぬ落ち葉おろしの作戦を発動させる。よく見ると樋(とい)の中も葉っぱでうずもれている。これでは水は流れない。バイパス手術どころじゃない。すぐに手で取り除いた。

三時間かかってようやく全ての葉を掻き降ろした。汗だくでフラフラした。

妻は屋根の上に向かって笑いかけ、能天気に手を振りながら、干した布団を取り込んでいる。春の陽は中天でうらうらとまぶしい。それを見上げた一瞬、目がくらんだ。ハッとして足を踏ん張ったが左足が滑った。バランスを崩し、何思うヒマもなく屋根から転げ落ちた。庇から宙に放り出された時、質量ゼロの感覚が細胞の端々まで満ち渡った。ヤバイ、骨折も激痛もごめんだ。いつか滝洞沢で滑落した時の映像がスローモーションで蘇り、次にくるであろう衝撃を覚悟して目をつむった。目を閉じる寸前、青空がスイッと遠ざかるのが見えた。京ちゃん！と妻が金切り声を上げるのが耳に響いた。

――バスン、と音がした。ドシンでもバキンでもない。鈍い音と重い感じ。ん？　落ちた？　でも地面ではない。しかも痛みがない。

恐る恐る目を開ける。周りが…白い。雪？　そんなワケない。しかもケガもしてない。

「京ちゃん、何してんの！」

顔の上に妻の顔がある。白いのは布団だった……。妻が持っていた敷き布団の上に落下したのだ。運は…尽きていなかった。

二人ともあんぐり口を開けて、これでもかというぐらい丸い目玉でお互いを見つめ続けるのだった……。それにしても妻は怪力すぎる……。

布団の中に丸まりながら、

「これって奇跡？」

ときくと、彼女はひどくとまどって、

「多分ね。でも…重いんだけど……」

とポツリとつぶやくのだった。

この命がけの屋根掃除で、次の雨の日から雨漏りは激減した。だが、部屋の中央三ヶ所だけはどうしても直らず、漏れるがままだ。今では長雨の前に屋根の落ち葉を必ず掻く。

それでも漏る所は漏るにまかせ、タライやバケツで受ける。長雨の我が家の二階は音楽会がタダで聴ける。

先住民も葉を掻き、漆喰で補強し努力の限りを尽くし、そして、漆喰で上から一メートル塗り固めたところで力尽きたのだろう。それが綿帽子の屋根になった由来だろう。

それにしても、あの大量の落ち葉はどこから飛んで来るのだろう。

雨が上がって二、三日して裏の崖と栗の木を妻と二人で見に行った。栗の木は異常なしだ。石段を登り崖の上に出る。村の東側と川が一望できてすばらしい景色だ。その裏山は雑木林で落葉樹が多かった。しばらく歩くとほんの数メートル奥に太さ四十センチほどのクヌギの倒木が二本、真横に寝かされて転がっていた。どうやらそこに落ち葉が貯まるらしく、あるいは誰かが捨てるのか、三メートル以上も山積みになっているではないか。その形からして、長年その場所に捨てられていたとも考えられた。いずれにしろ、どっちかは判然としないが。これが風に吹き払われ、どのような具合か屋根に積もるワケだ。確かにそこは風が強く巻いている。

二人顔を見合わせ、ため息をついた。そして、その日一日かかって、落ち葉の半分近くをゴミ袋につめ、ゴミステーションまで降ろしたのであった。

そして不思議なことに、その横を流れ、家の裏の小滝に続く小川にはほとんど落ち葉が流れて行かないのであった。

チョッポン、タップン……。梅雨時の夜は退屈だ。もうふわりと夜は降りて来て、ジトジトは増すばかり。妻のいない夜の音楽会はあじけない。

すると、下の駐車場に車の止まる音がした。靴の音が暗がりの中を駆けてくる。どれ、お迎えに、と下に降りる。ガラリと玄関が開くだろう。しばらく待った。……開かない。こっちから開けると、妻は傘をさして庭に佇んでいた。

「ホタルだよ。京ちゃん」

指さす方を見ると、十匹ほどのホタルがゆるく乱れ飛び、黄色い透明な火を引いて交差している。ホタルの光は冷たいのか暖かいのかよく分からなかった。ただただ透き通っていて美しかった。そしてはかなかった。

「上から見えんかったよ」

「ボーとしてるからだよ」

「あの小川から飛んで来る」

「うん。京ちゃん、濡れるよ。傘は？」

「いい。たいした雨やないから」

「雨降りでも飛ぶんだね、ホタル」

ホタルは少しずつ数をふやしていく。

一匹がゆらゆら飛んで来て彼女の傘にとまり、音もなく光を滲ませている。彼女はそれを上目でじいっと見つめている。睫毛がほんのかすかに黄色く明滅し影を淡く揺らした。

――ピッタン、チャポン。テッタン、トポン。水のはねる音が頭の中でホタルに合わせて踊り出す。夜はまだ長い。ピッチョン、ポトン。チャップン、ピシャン……。

第二章　ねずみいらんど

ひとつ、困ったことがある。まあ、若者ならさして困ることではないのだが……。

――妻が、発情するのだ。頻度はさほどでもないのだが、そのスイッチの入り方が人間離れしているのだ。

起爆剤はネズミ。あのネズミだ。

何かあると感じながら買ったこの家だ。ネズミが天井裏を走るぐらいどうってことない、とタカをくくっていたら甘かった。

梅雨があけた七月の初めの金曜日の夜、十一時頃だったと思う。その日は二人とも仕事が休みで、朝からツヅラト峠を登って疲れ気味だった。少々蒸し暑かったので、二階の部屋の窓を全開にして二人で布団の上に横になっていた。南の風が湿っぽかった。

妻はクークーと寝息をたててあおむけに大の字に転がり、その少し横でなぜか眠れず薄暗い天井の板目を見つめていた。

トコ、トコ、トン、トン。真上で何者かの足音がした。イタチかな?と思ったが、もっと小さい動物だ。トントコ、トトトト、タカタカ。足音は天井の隅から真ん中に移動し、また隅の方に走り去ってゆく。それが時間とともに数を増やしていくのだ。

ネズミだ。しかも五匹や六匹ではない。足音から察すると十匹以上いる。そいつが天井裏を走り回っているのだ。

足音は大きくなったり、小さくなったり、止まったり、いきなり走り出したりした。一体何をしているのかと頭に?がともる。

重い湿気を含んだ静けさの中、足音の大集団が頭の上を駆け抜けては一時的に止まり、シーンとしてはまた走りだす。しばらく運動会が続いた。

すると、天井の隅で、ずる、ずる、ざざざざと着物の帯が擦れるような不気味な音が闇の中から聞こえてくる。何だ？ 思わず体が硬くなった。

ずずずる、ずあずあァ。だんだん音が大きくなる。ネズミの集団は気が違ったみたいに四方にはじけ散った。パタパタ、ダダダダ……。

ヘビだ!! まちがいなく蛇。しかも大きい。蛇がネズミを追っているのだ。

背中がキーンと冷たくなった。運動会なんかじゃない。頭の上は修羅場なのだ。

ずるずる、ずぞぞぞと蛇の動きが速さを増す。トコトコ、ダダダダ、チィ、チィチィ。足音が最高潮に達したその時、ずるぞぞぞぞ、バタン、とすごい音がしたと思ったら、ちいいぃぃぃぃと、一匹のネズミの哀しげな声が闇の中に響き渡ったのだ。呑まれた！と息をつめて真っ暗な天井を瞬きすら忘れて見つめた。

ネズミの足音は屋根裏の端へ去ってゆく。短い間の静寂。でもそれは永遠を思わせた。

チィ、チ。ネズミの声が途切れる。息絶えたのか？ 冷や汗がタラリと流れる。

蛇が動き始めた。ずり、ずり、ずずず。その動きにもはや性急さはなく、ひたすら重い。

やがて音は、どこかに消え、物音ひとつしない。空気がとどこおった。厳しい静けさ…。

ピタンと妙に冷たい物が肩に触れた。ギョッとして振り返る。じいっとこちらを見る瞳がすぐそこにある。冷たいと思ったのは妻の左手だった。起きていたらしい。

「こわいよ…京ちゃん。くっついてよ」

いきなり唇をぶつけ、腕を回して体ごとむしゃぶりついてくる。浴衣の胸がはだけて乳房が半分こぼれている。彼女はやみくもに唇を吸い、ピタリと動きを止めた。髪がまともに顔に降りかかり、その奥で瞳が枕元の灯で異様に底光りして見えた。

「あれ…なに？ あの音……」

胸が大きく上下し、汗が半裸の肩で光る。

「蛇だ……。蛇が一匹だけネズミを呑んだ」

ごくっと生唾が喉を下る。ボソリとつぶやいていた。見つめ返す目が怪しさを増した。

「生きたまま飲まれるの」

「そう、多分……。蛇は、アゴ、はずれる」

妻は身動きひとつしない。

「苦しい、のかな……」

「だろうね」

「死ぬまぎわって気持ちいいの？」

唐突に真顔で訊かれてとまどう。心拍がやたらと激しくなる。

「知らんよ、そんなの。ネズミに聞きなよ」

すると彼女は両腕でゆらっと体を抱き、

「アタシも可哀想なネズミちゃんにして」

と腕に力をこめる。これではどっちがネズミか分からない。

「身動きできないようにして丸呑みして」

再び唇をおおいかぶせる。ああもうダメだ。腰から下は蛇になった。上と下がひっくり返り、天井と畳がくるりと反転する。両手を頭の上で押さえつける。勢い余って枕元の明かりがパタンと倒れた。彼女の鼻や口の出っぱりは鮮やかな影をはらみ、実在以上に迫ってくる。髪は薄い闇の中であわやぐ生き物だ。唇は喘ぎとコトバをかわりばんこに、あるいはごちゃ混ぜに紡ぎ出し、体は軟体動物かと思うほど反り上った。二人の居る空間だけがまあるく隔てられる。彼女は荒れ狂う獣だ。それも柔らかすぎる獣だ。

両腕を押さえつけられているので、彼女はこっちの肩を抱くことさえできない。

「バカ、バカ、離してよォ」

無視して、無慈悲に攻めたてる。女の吐息が色めき立った。登りつめるまで登ってゆく。

「呑まれる。呑まれるヨォ。アタシ誰なの？」

世界が弾け果てる寸前、

「ネズミちゃんは呑まれた」

と瞳を見つめて叫ぶ。彼女の瞳が哀切に宙をさまよった。腕を放してやる。いきなり背中を掻きむしられた。

抱き合ったままドッと倒れ込む。息が激しい。まあるく切り取られた空間なんてもうどこにもなかった。

彼女は一息つくとゆっくりと上半身を起こし浴衣の襟を合わせてそっと枕元の明かりを立てた。そうして髪をゴムでひとつにくくり、天井を指さしニィーッと笑った。それから、

「ねずみいらんど、だね」

と、一語ずつ区切ってささやき、パッとタオルケットを顔に投げかけてきた。

「何だよォ」

彼女はくるっと背を向け、くっくっくと肩で笑いを噛み殺している。

「アタシじゃないからね。さっきの」

「何だよ、それ」

ふてくされると、妻はいきなりタオルケットをむしり取り、頭からバッとかぶった。

「だってさ、恥ずかしいモン」

「じゃ、誰さ、さっきの」

「ひかりちゃんじゃないの。京ちゃんの一番大事な人」

そう言いながらまだ笑っている。

「よくそんなこと言えるな。人格疑うわ」

それでも笑っている。

「だって、アタシさ、生まれ変わりだもん。ひかりちゃんのさ」

もう答える気力も体力もなかった。いきなり目がトロンとなった。彼女も何も言わない。

やがて小さな寝息がリズム良く耳に届き始めた。

目覚ましの秒針だけが永い永い一秒を無理矢理削り出している。

それ以来、ネズミが一匹呑まれるたびに妻もからめ取られ、呑まれ続けた……。自分からネズミちゃんになって……。

朝の光はまだまだ永遠の先にあるらしい……。

第三章　黄色いバンダナ

店の三階を大改装した。経営している登山用品店ジャンダルムの三階をスポーツジムにしたのだ。ジムといっても大がかりなものではなくプチトレーニングクラブというのが正しいだろう。もちろんお客様専用の会員制だ。以前から酸素カプセルは二台置いてあったが、それにランニングマシン三台と、フィットネスバイク三台、チェストプレス一台、バタフライマシン一台を新しく設置したのだ。トレーニングジム開設というポスターも作り店の入り口に貼った。黄色いバンダナを頭に巻き、笑顔でマシンの上を走っている女性が一人。モデルは妻だ。どんなポスター作ろうかな、と迷っていたら、もちろん私がモデルと彼女が真っ先に言ったのだ。えっ?と思ったが、

「お金かからないし、顔も体形も問題なし」

とぬけぬけとおっしゃったのだ。

「京ちゃんの一番大切な人がモデル。はい、決まり」

ど真ん中をストレートでえぐってくる。結局それで折れてしまった。見逃し三振もいいところだ。


店の改装は八月いっぱいかけて行い、ポスターも八月中に作ってしまった。写真はプロのカメラマンに頼んだが、撮影中、短パンとランニング姿の彼女は始終ごきげんだった。ジムの店開きは九月二十八日と決まった。十月一日でいいだろうと言ったのだが、妻はゆずる気配を見せなかった。論拠はただひとつ。ひかりちゃんの誕生日でもあり命日でもある日だから、というものだった。

「今は京ちゃんの一番大事な人はアタシだけど、二十五年前まではひかりちゃんだったんでしょ。アタシは叔母の生まれ変わりだもん。ひかりちゃんもポスターになってたでしょ」

それを言われるとグウの音も出ない。

――彼女の叔母、といっても当時二十三だったが、その叔母瀬尾ひかりと自分は結婚を見据えたつき合いをしていたのだ。しかし、つまらぬいさかいののち、彼女一人で山に出かけ落石に合い、意識不明となり約ひと月後に亡くなったのだ。

思い出したくもない痛恨の出来事だった。彼女との思い出は二十数年間埋めて埋めて埋め続けて来たのだった。あまりに辛すぎた。

そこにある日突然、ひかりの姪であるともりが現われたのだ。そう、妻の旧姓は瀬尾ともり……。

「同一人物と思えばラクなんじゃないの？」

そう思う時もままある。しかし、しかし、それは幸せなことなのか。サッパリ分からない。彼女はひかりとそっくりというわけではない。でも、予測のできない大胆さと、こじゃれた物言いはそれこそ同一人物だ。

彼女は、ひかりのことになると情容赦がカケラもない。ともりは、亡くなった叔母、ひかりの日記帳を端から端までつぶさに読んでいて、ありとあらゆる出来事を記憶しているのだ。その日記は、今は二人の共通の所有物だ。だから、ひかりとつき合った二年間のことは全て知られている。ひかりといつ抱き合い、初めてキスしたのがいつなのかみんなつつ抜けなのだ！ケンカした日にゃ、

「十一月二十三日、牛草山の尾根道で京ちゃんと初めてキスした。ちょっと恥ずかしかったけど、京ちゃんはもっとウブだ」

と、日記の一節を朗々と暗唱する。たまったもんじゃない。アッという間に戦意を失いボケッと妻の顔を見ているしかないのだ。毎日毎日日記をつけていたひかりもひかりだが、妻のともりはもっと手に終えないのだ。そもそも、三年前、死んだひかりの名を騙ってメールを送ってきたのがともりなのだ！そしてそれが二人の出合いの発端なのだ！常人ではとても考えられないことを平気でやってしまうのが我が妻なのである。

「同一人物？そんな発想どうやったらできるの？信じられん性格やな。悪魔だわ」

言われても動じる気配すらない。

「そうだね。家買った時、おじいさん言ってたじゃない。魔がついてるってさ」

平然と笑うのだ。

「あきらめなよ。キミが埋め尽くしたモノ、ぜえええんぶ掘り返されたくなかったらさ」

「もう掘り出す物なんてねえよ」

あぁ！　何てどうしようもない会話。何てどうしようもない夫婦！　でもそのおかげで、ひかりと過ごした日々を正面切って見つめられるようにはなったが……。

「だいたい、心臓の悪かった俺を、ひかりの名前をエサに御在所におびき出すなんて考えられん。あんな大雨の日に。殺人未遂だわ」

妻はふふんという顔をし、

「大雨はたまたま。でも京ちゃん言わなかったっけ？　たとえ死んでもこれは自分の意志だってさ。しかも初対面のアタシをぎゅーって抱きしめたんだよ。押し倒す勢いでさ。誰かさんとまちがえてさ」

話に尾ひれがついている。息も絶え絶えで登って来て押し倒せるはずがない。ぐむっと言葉が詰まったが負けるわけにはいかない。

「まんざらでもなかったやろ。抱きしめられてうっとりしてたやん」

「そうだね。オッサンだけどいい男かなって思った。ひかりちゃんの目は正しかった。だから今、こうしてる」

言ったそばからニィーッと笑う。これだよ。この笑い方が同じなのだ。

「近いうちにひかりちゃんの墓参り行こうね」

いきなり話を変えて真顔でこっちをじっと見る。もう笑っていない。頼むからそういう使い分けやめてくれる？　ホントにこたえる。

というわけで、ポスターは店の入り口にでかでか堂々と貼り出されている。

彼女が巻いている黄色いバンダナは、ひかりがこの店で買ったものだ。それをしたまま落石にあい、ひかりは逝ってしまった。

バンダナには小さな穴が空いている。落石がそこに当たったのだ。その跡は確かにあった命の形だ。

ポスターの中で、妻ははじけて笑っている。バンダナの結び目にある小さな穴には誰ひとりとして気づかない……。

第四章　切り通しの向こう側

ジムが開設されてから一週間は大忙しだったが、二週間もするとやっと落ちついた。それで妻と休みを合わせて、十月の半ばに大垣の上石津にある彼女の実家に行くことにした。

妻の実家ということは、ひかりの実家でもあるということだ。店は若い者にまかせて、朝から車で二人で行った。朝早くは晴れてたのに、途中から雨が降り出した。

「あーあ、二階さあ、テッタントピンの大合唱だよ」

「そんな雨でもないから大丈夫さ。タライも出しといたし」

「アタシさあ、雨漏り懐かしい。ひかりちゃんが家に帰ってくる時はたいがい雨でさ。台所の雨漏りの水をコップで受けて楽しんでたよ。百発百中で受けてた」

「運動神経が良かったからな。どうせキミもやったんやろ?」

「当たり！　でも、ひかりちゃんの半分も受けられなかったよ」

　穏やかな会話だった。ひかりのことをこんなふうに話せる日がくるとは思わなかった。車窓を流れてゆく鈴鹿の山なみを眺めながら、大雨の中、死を覚悟して源内小屋まで登った朝を思い出した。そこでともりと出会ったのだ。ともりは今、隣に座っている。そして二人でひかりの墓参りに行こうとしている。

　あの時の自分と今の自分ははたしてつながっているのだろうか。もしそうだとしたら、全部がしくまれたもののようにも思えた。仕組む?　一体誰が?　ともり?　いや違う。もっともっと大きくて、そして目に見えないほど小さくて透明なもののような気がした。透明なものって何だろう。

ひかりが事故にあって何日か後に、母親に連れられて一人の小さな女の子が病室にやってきた。おかっぱ頭のその子は、ひかりの体を揺さぶって泣き叫んだ。「起きてよ！」と。母親に制止され少女は声の限りにわめいたのだ。「山なんか行くからだよ！」と。

衝激が体中に走り、部屋を出て行こうとする彼女の手を思わず握りしめてしまった。

「ごめんな」そうつぶやいていた。

驚いて見上げる女の子の瞳はどこまでも深く透き通っていた。あの瞳をいまだに忘れることができない。この子と自分は同じだとその時ハッキリと感じたのを覚えている。

——それが、ともりであった。

昼前に上石津に着き、実家に寄ってから墓参りに行った。家は十年前に新築されているのでともりのいうようなボロさはひとつもない。何度か来たことはあるのでそれは知っていた。道を歩きながらともりが言う。

「ねえ、アタシがあの家出てさァ、京ちゃんと暮らしてるでしょ。お母さん一人だから、ゆくゆくはどうなるんだろうな、あの家」

当事者のくせにのうのうとそう言う。まあ、自分もその片棒をかついでいるのだけど。

「お母さん、京ちゃんと同年代だよ。まだ四十九だしさ。再婚してくれるといいんだけど」

緑色のバッグを揺らしながら言う。

「いい人紹介してあげてよ」

全く、ため息しか出ない。

「じゃあ、俺がお母さんといっしょになってキミが娘になりゃいいやん」

ともりはピタリと足を止め、訝しこんでこっちを見た。そして急に笑い出した。

「バッカじゃない。それ、あの家の解決になってない。そうなっても、京ちゃんあそこに住まないでしょ。アホだわ」

ゲラゲラ笑いこけ、傘をクルクル回す。雨水がペチャペチャ飛んで来る。

「やめろって。線香濡れる」

考えてみれば、ともりの母と自分は三つしか違わないのだ。ともりといること自体がひどく不自然なのだ。

「でもさ、京ちゃんとお母さんがいっしょになるってのもなかなかの形だよね。だってさ、アタシ、ずっと京ちゃんのそばで暮せるかもしれないんだよ」

思考が百パーセント止まる。止まるけれど、それは突拍子もない考え方ではないのかもしれない。百パーセントありえないことではないだろう。だが、それ以上にありえないのが今のともりとの関係だ。

「ずっとそばで暮らせるんは同じだろが」

「京ちゃんが浮気するかもしれないじゃん」

「そんな面倒っちいことせん」

「そうだね。京ちゃんはタグつきのハマチだからね。見張られてる」

ともりはニヤリと笑う。おうおう、二代に渡って監視されるとは！

——そろそろ秋も深まってきたが、まだまだ気温が下がらず、道の両側にあるモミジの葉も紅葉にはほど遠い。

ひかりの墓がある墓地まで一キロほどあった。車でも行けたのだが、せっかくだから歩いて行った。車は通れない狭い道を選んで歩く。この辺りは自分の庭同然と、妻は喜々として先を歩いてゆく。雨は小降りになった。

十分ほど歩くとゆるい坂道になった。坂道の両側は三メートルぐらいの高さの切り通しで、その上にツツジの木が植えられている。かなり古い道らしく切り通しの崖はひどく苔ムシていた。苔は淡い光を含んだ小さな水滴をいくつも持っている。

しばらく行くと、坂の一番上の所に二人の人が歩いているのが見えた。雨が降っているのに傘もささず、ごくゆっくりと歩みを進めていた。かなり年を取っているらしく、右側のおじいさんは足が悪いのか右の足を外に向けて、エッチラオッチラ歩いている。左手には銀色のストックを持ち、白い鳥打ち帽をかぶっていた。ただの杖ではなく登山用の物だ。左側のおばあさんは黒いバケットハットをかぶっている。あっ、小粋きだなと思うと同時に、とても懐かしく感じた。なぜだろうと考えたのと、妻が歩みを止めるのが同時だった。

おばあさんがゆっくりと振り向き、静かに頭を下げた。おじいさんは振り向かない。

こっちもそれを見て二人そろってお辞儀をする。やがて二人は再び歩き出し、切り通しの向こうに見えなくなった。

「知ってる人?」

ともりは、ウーンと首をひねり、

「見たことあるようなないような……」

と口ごもる。近所のミナミさんだったかなあなどとしきりに考えながら歩いている。

坂道のてっぺんに出た。

「アレ?!」

妻が突然素っ頓狂な声をあげた。

「いないよ。どこにも!!あの二人!!」

そんなバカなと目を凝らす。一本道。両サイドは切り通しの崖。脇道は皆無。しかも、道は二百メートル以上真っ直ぐなのだ！

いない。どこにもいない。二百メートルダッシュした？　まさか。二十秒も経ってない。走りきれるワケない。崖を登った？　あり得ない。ロッククライマーじゃあるまいし。

「ドッキリカメラ？」

妻がポカァッと口を開けてこっちを見た。

「いやいやいや。こんな所でやってどうすんの。冗談言うな」

すると彼女は突然バッグからスマホを出した。

「持ってて」

ポイッとバッグを手渡し、傘を放り出すといきなり走り出したのだ！　脇目もふらぬ全力疾走！　すごい勢いだ。マジで速い。

「どうした？　何なんや」

傘を拾ってこっちも駆け出す。どうなってんの？　恐くなって逃げ出したか？　しかもダンナを捨てて……。オイッ！　叫びながら追う。

ゼイゼイ喘ぎながら妻の待っている曲がり角まで走る。あああ、体に悪い。御在所以来だ、と思いながらやっとこさ妻のところに辿り着く。

「ハイ、一分二十秒。アタシが四十六秒」

彼女もさすがに肩で息をしている。差し出されたスマホのストップウォッチを訳も分からず眺めた。何なんだよ、全く。

「つまり、ここまであの二人が三十秒以内に到達する確率はゼロ。この角の先にもいないし……。あとは……」

言わんとしていることがようやく分かった。それにしても、それを確かめるために走ったのか。走らなくても分かることだろが！

呆れていると、今度は素早い身のこなしで切り通しの一段低くなった所から、さっと切り通しの上に登った。

「いない。上にもいない。ねえ、登って来てよ」

言われるままに上に登る。

「消えちゃったよ。あの二人」

「まさかあ」

言ったものの本当にどこにもいないのだ。道の先にも、切り通しの上にも人っ子ひとり見当たらない。何だかうす気味悪くなった。

「ねえ、まさか崖の下ってことないよね？」

不安そうな顔をこっちに向ける。

「登れんだろ。でもさ、気持ち悪いな」

「念のために探してみようよ」

ということで、ともりが右側の切り通しの上から右の崖下を、自分が左を歩きながら左の崖下を注意深く探した。崖の下は薄いもやがかかっている。そこから急にキジが飛び出した時はびっくり仰天してしまったが、それ以外に変わった様子は全くなかった。

二人は呆然としながら切り通しから降りた。

いつの間にか雨は止んでいた。陽がかすかに差し、木立ちの隙間から、すっと真っすぐに地面に伸びた。セキレイの鳴き声が聞こえる。

二人とも黙ったまま歩いた。何をしゃべっていいのか分からない。ありえないことだが、どう考えても消えてしまったとしか考えられなかった。

とうとう墓参りも上の空になってしまった。繰り返し繰り返しさっきの出来事を考え続けた。線香に火をつけた時もボケーとしてしまって火傷（やけど）するところだった。線香が束のままボーボー燃え、アチッと声をあげ、やっと正気に戻るというありさまだ。それを見ても妻は笑いもしなかった。何だかひかりに申し訳なくて、墓の前で、

「ゴメンな……。ひかり……」

と手を合わせて謝るのであった。

帰りの車の中でもあまり会話がなかった。家に帰って二人で缶ビールを飲みながらテレビを見ている時に、ともりが唐突に「アッ！」と叫んでまじまじと顔を見つめてきた。

「あのおばあさんさ、右の目の下に小さなホクロがあったよ」

そう言われればそんな気がする。でも何が言いたいのかさっぱり分からない。この人は全てがあまりにも突然すぎる。

「あのおじいさんの足、右足、悪かったでしょ？」

それはしっかり見た。右足が外を向いてた。

「それにさ、あのストック、京ちゃんのと同じだ!!」

「何が言いたいの？」

妻は興奮で頬が少々紅潮している。

「あの二人、ひかりちゃんと京ちゃんだよ！」

「ハァ？ 何言ってんの」

ともりは隣の部屋に走って行き、急にゴソゴソし出した。そして、手に何やら持って帰ってきた。それを見た途端、自分もアッと思った。それは、銀色のストックと白い鳥打ち帽、そして黒のモンベルのバケットハット……。

「京ちゃんは、ちょっと右足外に向けて歩くよ。骨折の手術の後遺症でしょ。それにストックと帽子……。そのままだよ。それから……」

ともりはスマホの画像を指でスワイプし、一枚の古いデータを取り出した。あったよ、言いながらピンチアウトする。ひかりと小さなともりが顔を寄せ合い笑っている写真だ。それがずうーと拡大される。

「右の目の下見て。ホラ、小さなホクロ、あるでしょ」

ある。はっきり見える。知っていたはずなのにひとつも思考がつながらなかったのだ。そうだ、そうだよ、あのおばあさんは、バケットハットかぶって小粋だった。そしてなぜだが懐かしかったのだ。とても懐かしかった。

「画像はひかりちゃんのガラ携から私のスマホにデータ移したの。帽子やバンダナは全部アタシがもらったの」

「でもさ、一体どう考えたらいいの？ あの二人相当年取ってたやん」

「四十年後ぐらいの京ちゃんとひかりちゃんなんじゃないの？」

「ちょっと待ってよ。ひかりは亡くなってるんだぞ。ともり自身じゃないのか」

「ちがうよ」

ともりは激しく首を横に振った。

「ほんのちょっと向こうの世界はズレてるの。そこではひかりちゃんは生きてて、京ちゃんと暮らしてるんだよ！」

「あの坂道のてっぺんで次元が分かれてるとでもいうの。そんなアホな」

ともりは一歩も引かない。気色ばんで言う。

「あの時だけ別れたのかもよ。一瞬だけなのよ。だからわざわざおばあさんは振り向いて挨拶してくれたのよ。顔を見せるためにさ」

「じゃ、じいさんは？」

彼女はやっと表情を崩した。

「足は痛いわ、胸は苦しいわで余裕なかったんじゃないの。だって高期高齢者京ちゃんだもん」

「ひかりの方が年は上だ」

「あら、そうだったっけ」

妻はとぼけて、フフッとにやけた。

「でもさ、何で出て来る必要があるのさ」

「分かんないよ。どっちも今は幸せですって確認できたからいいんじゃないの」

「たったそれだけで出たり消えたりするの？」

「それで十分じゃん。それにさ、案外、向こうの世界に出ちゃったのは私達かもしれないよ。あっちでも今ごろ大騒ぎしてるよ。ともりがあんなに大きくなって、京ちゃんといっしょに歩いてるってさ。パニックだ」

だめだ。だめすぎる。理解の範囲を軽く逸脱してるよ。訳が分からなくなった。しかし、気味悪さはどこかに消えてしまったのは確かだ。

そうだ。ひかりの右目の下には小さいホクロがあった。そんなことさえ忘れてたなんて。

「実家の仏壇の横に写真あるでしょ。遺影がさ。子どもの時からずっと見てたから覚えてたんだ」

妻がそう言った時、ふっと何かがひっかかった。顔を上げてしげしげと妻の顔を眺める。

——待てよ……。確か……。

慌ててスマホを出し、動画のデータを指で操った。なかなかそれは出てこない。

「どうかした?」

妻が顔を近づけて覗き込んでくる。

探していた物に辿り着いた。

「これ……」

「何? これ何?」

「ともりはさァ、時々意識不明になって、ポケッとする時があるって言ったやろ。自分では分からんらしいけど」

「うん。そんなこと言ってたね」

「これはその時に撮った」

動画であるにもかかわらず、妻はじっと動きを止めていた。宙をみつめて静止している。

「何なの？　アタシ、こんなになってんの？」

軽く頷き、そして画像の一点をさした。その指の先にある物に彼女は大きな衝激を受けたみたいだ。彼女の瞳がまん丸になる。

「ウソだ。右の目の下にホクロがある！」

そうなのだ。ともりにはない小さな黒い点がそこにあるのだ。

「京ちゃんが書いたんじゃないの？　お醤油とんだとか……」

「するわけないだろ」

「じゃあ何？」

「ともりはどう思う？」

彼女は顔をこわばらせたまま黙った。

動画は彼女がハッとして正気に戻る場面で終わっている。

「そこ、もう一回見せて」

リプレイする。

「止めて！」

彼女は静止した画像、つまり自分の顔を目を皿にして見つめた。

「ない……。京ちゃん、ホクロ、消えてる……」

「え？」

もう一度二人で画面をしげしげと眺めた。

黒い点はあとかたもなく消滅していた。そこまでは気づかなかった。何ということだ。

「これ…アタシじゃない。初めの方はアタシじゃない……」

ともりはゆっくりと顔を向けた。視線がまともにぶつかり合った。

「こわい、かい？」

彼女は弱々しく首を振り、うつろな瞳を宙にさまよわせた。

家の横を流れる小川の音が部屋中に満ちた。かすかな澄み切った音が中途半端に時間を埋ずめていった。

「あのおじいさんが言った言葉の意味、半分だけ分かったよ」

そうつぶやいて、ぎゅっと手をつかんでくる。

――天井でネズミが走っている。じっと目を凝らすと、螢光灯の横でヤモリが息をひそめて一匹だけ天井にへばりついていた。

どこかの山奥で、鹿が細く寂しげに鳴いている。体の闇の部分を切り裂くような声……。

夜は少しずつ少しずつ更(ふ)けていくのだろう。

更けるほどに冴え渡ってくるのは川音だけだ――。

第五章　くるくるパア、もしくは……

日記帳二冊、黄色いバンダナ、黒いバケットハット、折りたたみ式のガラ携……。それらを部屋の真ん中に置いたまま、妻はハアアーと大きなため息をついた。全部亡くなった叔母ひかりの物ばかりだ。

「どうする？ 京ちゃん。これ……。捨てなきゃなんないのかなァ。でも捨てられないよ」

妻の言う通り捨てるのは切なすぎる。ただの物にすぎないのに、こうやって見ているとみんなが強烈に語りかけてくるのだ。帽子やバンダナには体の温かみすら感じる。

「捨てられへんなあ。無理だわ、辛すぎる」

うめくみたいに声を出したら、

「あっ、そうそう。京ちゃんのスマホに付けてる九官鳥も出しなさいよ」

スマホには小さな青い九官鳥のマスコットが付いていた。ひかりが初めてくれたプレゼントだった。これもか、と思いながら取りはずして畳の上に置いた。

しばらく二人とも黙ったきりだった。

「ねえ、下の唱久寺でご祈祷してもらう?」

「とうとうひかりも悪霊にされるのか……」

「そんなんじゃないよ。身近に魂のしみこんだモノがあるからひかりちゃん時々帰って来るんだよ」

妻は真顔で訴える。

「ご祈祷ねえ……」

何だか気がすすまなかったが、結局、それらを持って近くの唱久寺に行くことにした。

こうなったのは、妻の担当している患者さんが先日急に亡くなったのに端を発していた。まだ若い男の人だったらしいが、心臓が悪く、手術の前々日に突然発作を起こして夜中に急死したのだ。病院側に何の落ち度もなかったのだが、妻は相当ショックを受けた。その

患者の両親が病院を出る時、妻や担当医に深々と頭を下げ、

「息子の物は全部処分します。息のかかった物が一つでもあると心がこっちに残りそうですから」

と言ったということだ。

それを耳にした時、これまでに起こった謎めいた怪現象は、亡くなった叔母の持ち物をあまりにも大切にし、身近に置きすぎたからではないかと、突如閃くものがあったらしい。

そうかもしれないと思い当たるフシもないではない。でも、埋めて、埋めて、埋め尽くしてあったモノを、掘って、掘って、ほじくり返したのは誰なのだ！と言いたい気持ちもおおいにあった。

妻は看護師なのだ。そして亡くなったひかりもまた看護師だったのだ。


次の週の木曜日に、二人、休みを合わせて唱久寺を訪れた。風がひとつもない日で晩秋の陽がうららかに光を溢れさせている。境内はだだっ広かったが、すみずみまで陽光でいっぱいだ。落ち葉すらない。

――本堂の南向きの一室に通され十分ほど待った。サッシの窓にまともに陽が当たって部屋は暑いくらいだった。じわっと汗が出てくるほどだ。

「温室だね。暑くない？」

妻が額の汗をハンカチでぬぐった。

和尚には前もって話をしてある。何度か寺に来たことがあったので面識がないわけではなかった。とても堂々とした体躯を持ち、恰幅の良い人だ。

電話をかけた時、「ほうほう、そうですか。分かりました」とあっさり、そう、いとも簡単に納得している様子だったのでひどく安心してしまった。物分かりのよい話しやすい人だなと思ったのは確かだ——。

しかし、この部屋は真南を向いていて、陽を遮る物が何ひとつないので本当に温室だ。入ったすぐは体が少し冷えていたので、温かいなァと心地よく思ったのだが、今はかなり暑く感じる。上着を一枚脱ごうと思ったその時、玄関で足音がし、襖(ふすま)がススッと開いた。

「お待たせしましたな。申し訳ない」

和尚が合掌して、深々と腰を折った。彼は二人の正面に座り、ニコニコとこっちを見た。

「その段ボールの中身は……？」

和尚が指さしたので、妻が座卓の上に例の品々を並べた。あの九官鳥もその中にあった。

「オウムですかな？」

初めてそれを見た時の母と同じことを言うなと思いながら、

「いえ、九官鳥です」

と言い改めた。

「失礼。失敬しました。で、これのお祓いですか。かわいらしいですね、なかなか」

和尚が九官鳥をひょいとつまんだ。すると驚いたことに「オハヨー　アサノヒカリダ」

と小さな声でしゃべったのだ！　故障と電池切れで二十数年間しゃべることを忘れた九官

鳥がだ!!

息を呑むほど仰天し、二人顔を見合わせた。

和尚はニヤリと笑った。

「それはそうと暑くないですかな?」

「ハァ、その…暑いです……」

本当のことを正直に言った。

「では、窓を開けましょう」

彼は立ち上がり、ゆっくりした動作で窓を開けた。

一瞬のスキを突くように冷たい風が命をはらんで舞い込む。座卓の上の黄色いバンダナがスイッと押されて妻の膝に落ちた。アッと声を小さくあげて、妻がそれを押さえる。

今の風は何だろう。体のはしばしまで無遠慮に、それ以上に心地よく流れ込んでくるこの風は……。

「ここは冬でも暑いんですよ。そんな所に十分も座ってて窓も開けないお二人は、よっほどクルクルパアか、もしくは、ガマン強い人なんでしょうな」

妻は目をパチクリして和尚のぶっとい眉毛を穴のあくほど見つめている。言葉を失っているのだ。

「ということで、この品々は持ってお帰り下さい。そんで、家で一番陽当たりも風通しもよい部屋に置いて下さい」

それで終わりだった。

彼は、どっこいしょ、と立ち上がり、再び合掌するのだった。

「せっかく来てくださったんやから御本尊さんも見ていって下さい」

柔和な笑みを絶やさず、彼はつけ足し、静かに部屋を出てゆくのだった。

取り残された二人はボケラァーッと顔を見合わせていたが、やがてどちらからともなく立ち上がった。妻の両腕は力をこめて段ボール箱を抱きしめている。

「なあ、仏さん、見てく?」

ともりはコクリと首を振った。

御本尊の阿弥陀如来は西向きの部屋にあった。まだ西陽にはほど遠い時間で、電気のついてないその部屋はかすかに暗く、畳の匂いがそっと鼻に残った。

仏様はかなり古いらしく、顔の金箔もところどころ剥げ落ちているし、衣の部分は色褪せて白っぽくなっていた。等身大の座像だったが、そんな古めかしさとは関係なく圧倒的な存在感があった。笑っているようないないような目尻が、いたずらをしたあとの女の子みたいだった。

「かわいいね」

妻が小さくつぶやいた時、二人の頭上の仏天蓋(ぶってんがい)の金飾りがシャラシャラと揺れた。彼女はゆっくりと顔を上げた。風は吹いていない。

妻は上を向いたまま、小刻みに肩を揺らした。それがだんだん大きくなる。そして、息をいきなり大きく吸い込んだと思ったら、ピタリと止めた。次の瞬間、彼女は唐突に泣き出したのだ！ びっくりしてそっちを見ると、ボロボロ涙を流して、顔をくしゃくしゃにして、声を限りに号泣しだした。手はダンボール箱を抱きしめたままだ。あまりに力を入れ過ぎて箱がぐにゅっと歪んでいる。何と声を掛けていいかも分からず、ただ、妻の左肩に手を置いて、顔を見つめるだけだ。

困惑はあった。しかしそれは思いがけず心地良い困惑であった。空気が……透きとおる。

ボタボタと涙の滴(しずく)がダンボールの縁(ふち)を黒く濡らす。際限もなく涙は流れ落ち、妻は永遠に泣き続けるかのように泣き続けた。その時、確かに彼女は一人きりだった。この世にたった一人であった。

そうか……人は一人っきりで泣けても、一人っきりで笑うことができないのだ。

そう思ったら急にこみ上げてくるものがあった。涙が止まらなかった。何だコレ、と思いながら思いきり泣いた。さすがに声は出さなかったけれど……。

また、金飾りがシャラシャラと鳴った。

二人はバカみたいに泣き続けた。

仏様がニヘラッと笑った気がした。

二人は泣き続けた——。

西の窓から少しだけ陽がこぼれる。

泣き続ける二人は——クルクルパア、もしくは……。それはもうどうでもいいことだ……。

第六章　流水無間断

二十何年かぶりに光寿司に行った。妻がどうしても一度は尋ねてみたいとダダをこねたからだ。ちょっと遠いし、いろんな怪現象に翻弄されたあとだから二の足を踏んだ。でも、何となく興味はあったし、あれから店はどうなったんだろうと思ったりもした。

その寿司屋は鈴鹿の繁華街にあり、ひかりが落石で亡くなる二ケ月ぐらい前に一回行ったきりだ。それでも店の様子はびっくりするぐらいはっきりと覚えている。カウンターの前に大きな水槽があり、そこに標識（タグ）つきのハマチが泳いでいたのだ。ハマチは島根県沖の日本海で放流され、そこの主人が伊勢湾沖で釣り上げ、生かして持って来たということだった。ひかりはその魚を、「足にボルトを入れられ苦しんでる京ちゃんそっくり」と言い、「このハマチはここで一生私に見られて過ごすの」というようなことをつぶやいたのだ。その言葉が頭の片隅にこびりついている。

――実は、それより一年半前に鈴鹿の悪渓滝洞沢（たきぼらさわ）で足を骨折し、治療のために入院した病院で初めてひかりと出会ったのだ。

パソコンで調べてみるとまだ営業しているということだったので、十二月の中旬に二人、車で出かけた。また何か起こりそうな気もしたけれど、それはもう不安を通り越して何かしらの期待を含んでいたような気がする。

——で、店はさほど変わっていなかった。店に一歩足を踏み入れた時の昭和っぽい古めかしさも同じで、座敷の一番奥に掛けられた掛軸も全く変っていない。掛軸には「流水無間断」（流水間断無し）と書かれていたが、全然読めなくてひかりに教えてもらったことを覚えている。カウンターの前の水槽もそのままだったが、今は季節柄トラフグがたくさん泳いでいた。数が多いので水槽が狭苦しく見える。何だかフグが気の毒になった。

妻は店に入ると同時に、

「アッ、水槽、ハマチいないね」

と声をあげ、奥に目をやり、

「リュウスイカンダンナシ！」

とすぐさま読んだ。もちろんひかりの日記に書いてあったから読めるのだ。

妻はどっかとカウンター席に腰を降ろし、

「ひかりちゃんになった気分」

とごきげんにつぶやく。すると、水槽の横で寿司を握っていた六十がらみの男が、ふと顔を上げ、数秒の間、妻の顔をしげしげと見つめた。あっ、ここの主人だ。確かに見覚えがある。妻はちょこっと頭を下げた。

すると主人は、とまどった表情で、

「お客さん、ひかりちゃんじゃないよね。いや、まさかとは思うけど……」

とモソモソと言ったのだ。妻はアレッという顔をし、ニィーッと笑った。

「ひかりです。お久し振りです」

男の手がハタと止まり、目がまん丸になった。オイッと彼女の脇腹をつついたら、

「ウソです。私、姪のともりです」

そう答えてペロッと舌を出した。

主人がそれを聞いて、ホーッと長い息を吐いた。

「そうやろなァ。ひとつも歳取ってないもんな。俺はもう頭も真っ白になっちゃったけど。ひかりちゃん、元気？　もう二十年以上になるな、来なくなってさ」

「ひかりちゃんのこと覚えててくれたんだ」

「そりゃしょっちゅう来てたし、店ではモテモテやったからなァ」

妻はこっちをちらっと見て、

「モテモテだってさ」

と意地悪く笑う。

「でも、死んじゃった。山で落石にあって」

主人は、エッ?と言い再び手を止める。

「いつ?」

「この人といっしょにここに来たふた月ぐらいあと」

主人は今度はこっちをじいっと見た。その後、アッと短い声をあげ、あの時の……と口の中で言った。

「本当に覚えてるんですか? 二十何年も前のことだよ」

遠慮なく妻が疑問符を投げ返す。

「ひかりちゃんはモテモテやったけどさァ、男を連れて来たのは初めてだったからさァ」

よかったね、京ちゃん、と妻が流し目を送る。それから、おまかせコース二人前、それと生ビール一つ、と勝手に人の分まで注文する。お前だけ飲むんかい、と少々ムカついたがこっちは運転手だからどうしょうもない。

妻はつき出しの里芋の煮っころがしをパクつきながら生ビールをぐいぐいやる。すかさず二杯目も頼んでいる。全く抜け目がない。

アナゴにタレを塗っていた主人がちょいと顔を上げ、

「あのさァ、さっきから気になってたんやけど、おたくらどういう関係? どうもよう分からんわ」

　二杯目のビールを半分飲み干し、妻は、

「フーフです」

と、またしてもニィーッと笑う。主人はかなりヘンな顔をした。

「夫婦？　フーフ？　ええっ？　いくつ違うの」

「十七？　十八？　それぐらい。フツーでしょ」

　主人は本日二回目のため息をつく。

「ひかりちゃんの姪ねえ。そのしゃべり方、そっくりだわ。顔もそっくりだし」

「この人、あんまり似てないって言うけど」

　主人は寿司下駄の上にアナゴを置き、

「どうやって知り合ったか知らんけど、時間が止まったみたいだワ」

　感慨深げにぼあぼあ一人ごとをつぶやいた。

　――アナゴの味は変わっていない。寿司食って言うのも何だが、熱いものがジワリと胸に湧いてくる。ついでにワサビも鼻にくる。

　次、熱燗（あつかん）、二合で、としゃあしゃあと追加を注文しながら、ともりは、

「標識（タグ）つきのハマチくんはどうなったの」

ときく。そろそろしとやかにお酔いになってきたらしい。

「ハァアー。そこまで知ってんの。参ったね」

「だってひかりちゃんの日記に書いてあったし、この人も話してたモン」

コハダがポンと下駄の上に載る。ピカピカの肌にすっきり入った包丁の切れ目が鮮かに際立っている。

「あの魚、死んだでしょうね」

初めて主人に向かって口をきいた。

「そう、死んじゃったねえ。あれからすぐに。九月の終わりやったかなあ」

ともりと二人、ゆっくりと、どちらかともなく顔を見合わせた。

「さっきの話聞いてさァ、何かさァ、分かった気がする」

「何がですか」

そう問うと、ひと呼吸おいて、

「ひかりちゃんが連れてったんだワ。ハマチの名前もヒカリやったしなァ」

と、しみじみと言い、主人はしばらく宙を見つめた。妻はぐいっとビールを飲み干した。

——それから二時間半、三人は昔話に花を咲かせた。まあ、妻にとっては昔話ではないのだけれど……。日記の丸暗記も役に立つってことだ。

客が少なかったのでとうとう閉店まで話は弾み、主人――タカシさんは、暖簾しまっちまおう、と、そそくさと準備中の札を玄関に出し、自分までビールを飲み出す始末。アルコール抜きの身にはちょっとこたえたが、その分腹一杯寿司を詰め込んだのだった。

――帰り際、あっ、そうそうと急に何か思いついたように店の奥に入って行ったタカシさんは、小さな引き出しから何かを出した。

「これさァ、ひかりちゃんが来たらあげようと思ってたんやけど、おたくら持ってく?」

それはビニール袋に入れられた二本の赤い標識(タグ)だった。あのハマチに打ち込まれていたものだ。ハッと目を見はる。

「発信器のケーブルは京都の水産試験場に送っといた」

ともりは袋を受け取ると、真っ赤な頬のまま、ありがとう、とペコリと頭を下げた。

タカシさんも深々とお辞儀をした。

「流水間断無しやなあ。でも、今日は楽しかったワ。また来てな」

彼は二回続けてシャックリをした。そして右手をちょいと上げ、ひかりちゃんによろしく言っといてな、と笑うのだった。

時代はひとつの大きなかさぶただ。その下で一人一人の歴史は埋ずもれていくのだろう。それでも血はめぐり時代という体を形作ってゆくのだ。かさぶたが取れたあとはほんの少しの傷跡だけが残るが、いずれはそれもすっかりサラ地になってしまうのだ。

「流水間断無し。流水カンダンナシ」

ハンドルを握りながら何気なくお経みたいに唱え横を見ると、妻は気持ち良さそうに寝息をたて眠りこけているのだった——。

第七章　再びの…

ひかり寿司に行った翌日、標識(タグ)をよくよく見た。二人で見た。翌朝のことだった。

KS－REN－33－96

標識(タグ)にはそう書かれており、そのうしろに電話番号が印刷してある。放流追跡調査の詳細をパソコンで調べたらおおよそのことが分かった。KSは放流者の名前。つまり、京都水産試験所。次のRはregion、地域。33は多分放流地点の区画で、96は固体番号。ENはその区画の北東という意味だろう。

妻は「なるほどねえ」と感心したように頷いたが、しばらく標識(タグ)を見つめていると思ったらいきなりゲラゲラと笑い出したのだ。

「何？ どうしたんさ」

妻はハアハアいいながら胸を押さえ笑いこけている。

「だってさ、京ちゃん、コレ、変。おかしすぎる。京ちゃんそのもの」

また笑う。

「何なんだよ、一体」

すると妻は標識（タグ）のナンバーを指さし、

「KS－REN－33－96」

と大声で叫んだ。棒読みに近い。

「それが何？」

いらついて聞き返す。

「くされえんさんざんくろう！」

ウッと息が詰まった。

「くされえん……」

まさしく……。何だコレ……。さんざんくろう。返す言葉が全く存在しない。大いなるおふざけもいいところだ。

「本当にくされ縁だよ」

「ともりはそう思うのか」

「だってさ、タカシさん言ってたよね。結局ダンナはひかりちゃんと結婚したのと同じことだよねって。どう思う」

どう思うってどうなんだろな……。どう考えったって、ともりはひかりじゃない。でもそれは確かなことなのだろうか。考えたって分からなかった。あーあ、どこまでが夢でどこまでが現実なんだろな。そう言って投げやりに大の字に寝そべったら、

「どこまでいったって夢じゃないの？」

としごく平然と妻が口に出した。

彼女は柿の実を剥いて、ホイッとつまようじを刺して渡してくる。

「どこまでいっても夢なら覚めない方がいいのよ。めんどくさいでしょ。大事にしようよ」

先日までお祓いだなんだと大騒ぎしていた人間の言うことかと憤ったが、まあそれも一理ある。

「どうせさあ、努力したってクルクルパアなんだしさ」

言ったきり、あぐらをかいている足の上に頭を載せる。

外を見るとチラチラと雪が舞っていた。

「あら、雪。今年は早いねー。初雪だ」

雪は真っすぐ落ちてくる。風がないからだ。

ともりの頭の重さが妙に心地良い。

雪は地上に落ちると、いとも軽々と転がっていき、落ち葉の上で乾いた音をたてた。その上から次から次に転がって来て、地面はまたたく間に真っ白におおわれてゆくのであった。それは、まるで歴史のかさぶたが、ちっぽけな人々の足跡を埋ずめていくようでもある……。

第八章　幸せの実

何を思ったのか、妻が鉢植えを買って来た。ドラセナ・マッサンゲアナ、通称幸せの木。一メートル近い大きさだ。こんなのよく車に載せて運んで来たなと、いつもながらその無謀さに舌を巻く。

「二万三千百円。京ちゃん水やり係ね」

一階の一番南に向いた部屋にヨタヨタと一人で運び上げ、南の窓辺にドンと置き、妻殿はシレッとおっしゃった。

「どういう風の吹きまわし？　すごい無駄使い。木なんかそこら中にあるやん」

「幸せの実がなるの見てみたいと思ってさ」

「実？　何年かかると思ってんの？」

「何年かかってもいいの。アタシと京ちゃんが生きている間にひとつでも実がつけばいいの」

「見てどうすんの」

「それだけ。ただ見たいだけ」

うーむ……。返す言葉が見当たらない。理由を問うこと自体無意味だとでもいうように、妻はニヘラと笑うのだった。

しかし、寒さに弱い木をこんな真冬に買ってくるなんてどう考えても理にかなっていないと思った。でも、彼女は屁とも思わない。どのみち世話なんてしないだろうから。病院勤めなんて夜勤はあるし、休みも不定期なんだから。まあ、文句を言っても始まりも終わりもしない。と、いうことで、世話係はすでに決定事項なのである。だから、毎日六時に起きて水を少量やり（多すぎると根が腐りやすくなるらしい）陽が登ったら朝日をたっぷり浴びられるように鉢を東の窓辺に運ぶ。あまり寒くない、風のない日は少しの間庭に出し新鮮な空気を吸わせたりもした。

妻は時々寝ぼけたまま起きてきて、

「よかったねー、朝の光がいっぱいだ」

などと、夫ではなく木に話しかけるのだ。そこに感謝の意味がいくぶんなりとも含まれていると都合良く解釈して、不平も漏らさず、愚痴も言わずお世話し続けてもうひと月経った。

年末から三日間妻の実家に帰った時、水やりのことをすっかり忘れていて焦ったが、木は全く平気でピンシャンしていた。植物は思った以上に強い生き物なのだ。

一月の中旬は暖かい日が続いたので、試しに一日中庭に出しておくこともあった、結構成長が早くて、次々に新しい葉を出す。愛情を注げば植物もそれに応えてくれるのだと初めて知った。木も生きてるんだなーと思う。

仕事が休みの日、庭に出しっ放しにしてある木をボケーッと見ていて面白いことに気づいた。木の周りに鳥が寄って来るのである。別にパン屑を撒くわけでもないのに、次々と寄って来る。最初に飛んで来たのはセキレイ。尻尾に黒いストライプのあるやつ。こいつの動きは実に面白い。波を描くみたいに飛んで来て地上に降りると、チン、チン、チンと鳴いてケツを振り、ついでに首も少し振る。その次にやって来たのはスズメ。冬のスズメの腹の白い毛は美しくて混ざりけがない。そいつをまあるく膨らましてチュンチュクと地面をはねている様子は何とも愛らしい。それからムクドリ。近くの梅の木の枝に止まってギュルギュルと大音量で鳴いてうるさい。

いっぺんにたくさん来るわけではなく、とっかえ引っかえやってくる。一番多く顔を見せるのは、やはりセキレイとスズメだろう。

別段エサもないのだから何食うでもなくそこらまわしを飛びはね、地面をついばみ、飽きたらいつの間にか飛んでゆくのだ。

見ているとが楽しくて、思わずチュンチュンと口まねして話しかけている。彼らは、ピコッ、ピコッと首をめぐらして反応するがやがては知らん顔で勝手に遊び始める。手ぶらで帰すのも失礼かと思ったので食パンの屑をパラパラとこぼしてやると、わりかし無警戒に飛びはねて拾っている。それが面白くて何度かやっているうちにだんだん鳥の数も増え、同時に集まって来るようになった。ただムクドリだけは食パン屑は食べなかった。

妻に話すと、面白そうと一言言い、休みの日は朝から晩までずうっと眺めている。第一、朝食を縁側で食べる。そして、トーストの半分は鳥のエサとなるのだ。ひどい時には昼飯も食べずに朝から晩まで眺めていた。そのうち鳥オンチの妻も少しずつ名前を覚えるようになっていった。休みが同じ日には、二人で飽きることなくバードウォッチングを楽しんでいる。

妻のお気に入りはスズメだ。小さいから好きなんだそうな。彼女はスズメがやって来ると（決まって二匹、最初にやって来る）、パラパラと食パン屑を撒く。スズメ達は妻の手の動きを百パーセント理解していて、左手がパンの耳にかかるやいなや、パアーッと飛び立ち、彼女の足元に集まる。妻は左ききなのだ。スズメが食べ終わるとセキレイがやって来る。どういうわけか、彼らは全くといっていいほど彼女に警戒心を持たなかった。

「菩薩様かよ、ともりは」

半ばあきれて言うと、そうだよ、と当たり前のように答える。それにしてもどうしてこんなに無警戒なんだろ。自分がやると三メートルは距離を取るくせに。

で、そんなことをしていると、今度は鳥じゃなく、人間が集まってきた。散歩をしていた近くのおばちゃんがそれを見て話しかけてきたのだ。そのおばちゃんが、他のおばちゃんに話し、ひまなじいさんに話し、話は少しずつ広がっていったのだ。

妻はこの頃木曜日が休みなので、昼前の日だまりの縁側には、いつも五、六人のヒマな御人が、陽の光をいっぱいに浴びて腰掛けているというありさまだ。

今までこの近隣の人とほとんど話をしたことのない彼女は初めはとまどっていたようだったが、最近は休みがくるのを楽しみにしている。

「アタシさ、小学生の頃はしょっちゅう学校サボッてたんだ」

ある晩彼女がボソリと言った。

「何でさ」

「人前に出るのが怖かったの。特に男の人はキライだった。お父さんがキライだった」

ともりは珍しく真顔で木を見つめている。

「そうか」

深入りせぬよう多少気をつかいながら言葉を返した。

「お母さんよく叩かれてた。酔っ払うとどうしょうもなかった。それで何かすごい言い争いがあって、父がフイッと出てった。それっきり帰って来なかったよ。そのあとの話がどうなったか知らない……」

ともりはうつむいて編みかけの毛糸をいじくっている。

「でも、俺には恐ろしいぐらい積極的やったやないか」

「あの時、手を……握ってくれたから」

「ひかりが入院してた時か」

「うん。あんなに強く握ってくれた人は初めてだった。本当はさ、この人がひかりちゃんをひどい目にあわせた人なんだって思ってた。でも違ってた。今まで出会った男の人と全然目が違ってた。生きてる、って本気で思った。それから、あれ以上の目をした男の人に会ったことない。これはウソじゃない」

「世にも奇妙な物語やな」

「そうかもね。アタシ、小さい頃からあなたのことずっと考えてた。ヘンな子だった」

「確かにな。それはヘンタイだわ」

「日記やひかりちゃんの携帯が私の物になった時、ずっと思ってたことを迷わず行動に移した。そこだけが大人と子どものたったひとつの違い」

しばらく沈黙が流れた。少しだけれど言葉が重くなりつつある。

「それで幸せになったんやろ。ひかりに報告できるぐらい」

ともりはスッと宙に視線を移した。

「本当は……ごめんね。何が幸せかよく分からないんだ。だからさ、実だけでも見てみたいの」

ともりはいきなり肩に抱きついて顔をうずめたが、すぐに離れて、ニィーッと笑った。

「水やりぐらい自分でしろや」

「ヤダ。京ちゃんにして欲しいの」

「何で‼」

「それで実が成ったら幸せってことにしといてあげるよ」

「チェーッ！」

あまりの不合理さに思わず声を上げてしまった。自分が仕組んだ物語の結末を俺に試させるとは。ふざけるな、と思ったが不快さは皆無だった。

「ごめんね」

「チェーッ！」

これは俺をもて遊びやがってという怒りがほんの少しまじっている。分かった。遊びにつき合ってやるよ。死ぬまでつき合ってやる。

「ねえ、この頃、ネズミ、走らないね」

ゆっくりと振り返る妻の瞳はキラッと光を宿すのであった。

風のない夜はしんしんと更けてゆく――。

二月になっても穏やかな日が続いた。さすがに夜は底冷えするが、日中は暖かいことが多かった。

妻はこの頃木曜日が休みのときが多い。それに合わせてこっちも休みを取って山登りに出かけるときもあったが、大方は庭でバードウォッチングをして過ごすのだった。近所の人とのつきあいも広がり、野菜や花をいただくこともたびたびだ。うちの庭に遊びに来る人たちのことを妻は『縁側軍団』と呼んでいる。その中に七十過ぎのおばあさん、中条さんがいた。中条さんの家は唱久寺の下にあり、小さな酒屋を営んでいる。

中条のおばあさんは、時々小さな女の子を連れて来る。四才ぐらいで、スズメやセキレイを追いかけ回してしょっちゅう叱られていた。未来というその女の子はかたときもじっとしていられないらしく、いつも走り回っていた。彼女は妻のことを「ともり姉ちゃん」と呼んでいる。

「おばちゃんだろ」

ボソッとつぶやいたら聞こえたらしく、

「小さい子は正直なの」

とやり返された。

走り回っているせいかその子はよく転び、膝っ小僧はいつも傷だらけだった。

その日も三回続けて転び、

「ちょこちょこ動き回るくせにわりかしどんくさいな」

と、皆に笑われていた。

「おいで、未来ちゃん。消毒してあげる」

妻が手招きすると半ベソをかきながらやって来る。妻は縁側に座らせ、ガーゼで血を拭き、消毒薬を膝に塗る。

「あらら、顔も泥だらけ」

そう言って顔を拭こうとした手がふと止まった。じっと瞳を覗き込んでいる。それは十秒ほど続いた。えらく真剣な目つきだ。

「どしたん？」

ともりは、ハッとこっちを見、それから、

「何でもない。ハイもういいよ」

と笑って子どもの頭をなでた。子どもはもう跳びはねている。

——夕方になって木を部屋の中にしまう時、ともりは、ねえ、と近寄って来て、

「あの子、斜視あるよ。それで転ぶんだよ」

「斜視？」

「うん、この前は気づかなかったけど……」

「目医者に行かなあかんな」

「そうじゃないよ。動眼神経麻痺かもしれない。分からないけどさ」

よっこいしょっと鉢を置く。

「何、それ？」

「脳に病気とかあると出るの。命にかかわることもあるんだよ」

「例えば、どんな病気さ」

「脳腫瘍や動脈瘤。でも動脈瘤はちょっと考えられない」

「思いすごしってことないの？」

「分からない」

「どうすんの？」

「アタシ、今から行って話してくるよ」

「今から？　来週じゃいかんの？」

その途端、

「バカ!!」

と一喝された。

「命にかかわるかもしれないんだよ！　取り返しがつかなくなったらどうすんの！　京ちゃんが一番身にしみて分かってるくせに！」

これにはこたえた。一言だって返せない。妻はしばらくこっちを睨んでいたが、

「行ってくるよ」

と静かに言い残して玄関を出て行った。

——妻が帰って来るまで、下の部屋に寝転がって電気もつけずに待った。かなり打ちひしがれた気分だった。身内のことにはいっしょうけんめいになれるけど、他人だときわめていいかげんにふるまってしまうのは人間のエゴだろうな……。そんな思いが頭の中をグルグルめぐる。ともりは自分より人間が上だわ。情けない話だ……。身にしみて分かってるくせにって、ヒデェ言い草だな。そうだよな、ひかりの時はどうにもならなかったもんな。取り返しがつかない……。その通りだ……でもさ……。

玄関がガラリと開いた。

「どうしたの？　真っ暗だよ」

ともりはパチンと電気をつけた。

「病院行くってさ。先生紹介しといた」

返事をする気力もない。

「あれ？　スネてんの？　やだね、中年オヤジは」

「バカともり」

振り向いて言った。すると彼女は、

「お酒もらった。全部一人で飲んでいい？」

ニヤニヤ笑っている。

「ダメ」

「白鷹大吟醸。熱燗にしよう」

「アホか。そんな上等な酒は冷やで飲むの」

ふーんと言いながら、妻は五合ビンのラベルをしげしげと眺め、いきなり栓を抜いてコップにドボドボと半分注ぐやいなや、クイッと飲み干したのだ！

「あっ！　アホ」

思わず立ち上がった。ともりはそれを見て、

「元気になったじゃん」

と、ニィーッと笑うのであった。

——それから二、三日して、中条さんは母親と孫の三人で病院へ行った。結果はともりの予想通り脳腫瘍のグレードでⅠ、毛様細胞性星細胞腫というもので手術だけで治るものだった。良性の腫瘍だったのだ。

手術は三月の初めと聞いて、ともりは心底ホッとしたようであった。

「さすがは脳神経内科」

茶化して言うと、

「今は違うけどね」

と照れた。

三月の十日頃、中条のおばあさんがやって来て、手術が無事に済んで経過も順調であることを伝えてくれた。

「ここの奥さんは菩薩様だわ。ホントありがたい」

中条さんは本気で手を合わせている。

「そんな大げさだ、おばあちゃん」

「いやいや、ここは代々口寄せ巫女が住んどった家やでな力を継ぎなさったんかもしれんな。屋根のてっぺんが白いやろ。あれは降霊の目印やと聞いとります」

二人とも息を飲んだ。あれは雨漏り対策ではなかったのだ！

「それでお願いがあるんやけど……。あの木をもらえんやろか。いえ、お金は払います。未来(みく)の病室に置きたいんですわ」

二人、顔を見合わせた。

「いい？ 京ちゃん」

さすがに世話係の許可がいると思ったらしい。でも何も反対する理由はない。

「もちろん。ともりがよければ」

ともりはパッと笑った。

「おばあちゃん、木は持ってって下さい。お金はいりません」

中条のおばあさんは涙を流して喜び、何度も何度も手を合わせた。

おばあさんが行ってしまってから、

「いいのか、実が成るとこ見なくて」

ときくと、

「いいの。幸せの実がどんなものか分かっちゃったからさ」

と口元だけで笑う。

「まだ成ってないやん」

妻は自分の頭を人さし指でつつき、

「ドンカン。京ちゃん」

とニヤケた。

まあ、その後、木はなくても鳥も人も変わらずにやって来た。いや、その数は増えている……。

「ね、分かった？」

妻は意味ありげに顔を見てくるが、「ん？」と首をひねるばかりだ。

庭の梅の花は満開だ。どこかでウグイスが鳴いている。まだまだヘタクソな鳴き方だ。

春は、もうすぐそこまで来ていた。

第九章（最終章）　夢違え

季節はずれの大雪が降ったのは三月の十八日のことだった。前日の火曜日の夜中から降り始め、夜明け頃には二十センチ近く積もった。雪は小止みなく降り続け、八時を過ぎると三十センチにもなった。その重みで家全体がミシミシと気味悪く鳴いた。

二人とも仕事に行くことさえできず、何するでもなく、突発的に出現した銀世界を窓辺から見ているだけだった。

「どうすんの、京ちゃん。家潰れるよ」

不安そうに妻は天井を見上げる。

「どうするって、どうしようもないやん。雪ダルマでも作る？」

両手を大げさに広げ、彼女は呆れた顔をこっちに向ける。

「タワケだね。どうせならカマクラ作る。雪洞掘って雪山トレーニングする？ 家の周りなら遭難することもないしさ。あっ、京ちゃんの店、スキーの板も売ってたよね。ないの、ここにさ」

何を言い出すのかと思ったが、頭が勝手にグルグル反応した。

「ある……。型落ちした古いの三つ持ってきてる。納屋に入ってる」

妻の目がキラキラ光った。でた。始まったぞ、と身構えたが、考えてみればこの雪積ではまともに歩けそうにもないし、無論車なんか使えっこない。ここは坂の上で、一番下の川に面した通りまで三百メートルもある。村の様子を見に行くにしても歩きではひどく大儀そうだ。どのみち仕事に行く事もできないのでスキーを履いて下までおりてみようということになった。

外に出た途端、ヒエエーと妻が声を上げた。

「車が半分埋まってる」

一段下の駐車場の様子を目(ま)の当たりにして、ここは雪国かよ、と我が目を疑った。

膝までズブズブと雪に沈みながら納屋の戸をこじ開けた。瞬間、雪の固まりがドサドサと頭の上に落ちてきた。そのほとんどは妻の頭を直撃した。ウギャッと叫んで彼女は飛びのいたが、足を取られてもののみごとにひっくり返ったのだ。あまりの無様さにブハハハハと笑ったら、すかさず雪玉が飛んで来る。

「神よ、彼を憐れみ給え。彼は為すべきことを知らざるなり」

立ち上がるなり、彼女は口をへの字に曲げ、服についた粉雪をパンパンと払った。

「何を知らないって？」

「愛する妻を守るというコトだわ」

憮然として彼女はおっしゃるのだった。

細い坂道をゆるゆる下りながら、辺りをよくよく観察して驚いた。カーポートや、ちょっとした車庫が雪の重みで潰れているのだ。それも五軒も六軒も！そこここで、住人が雪をどけたり、呆然と壊れた屋根を見上げたりしている。みんなスキーで降りて来た二人を見てびっくりしていたが、そんなことにかまっている暇がないらしく、すぐ作業に戻った。

中条酒店の車庫も半分倒壊していた。主人の治さんが車庫の前にボーッと突っ立っている。

「家は大丈夫やけど、車庫は弱いもんやなあ。おたくトコ、大丈夫？　まあ、あそこは柱が太いでな。頑丈なんがたったひとつのとりえや」

誉めているのかけなしているのかイマイチ分からなかったが、彼がやおら車庫の屋根の雪を掻き出し始めたので二人で手伝った。

「それにしてもスキーとはしゃれとるな。さすが登山用品専門店」

老人は家の一部がぶっ潰れたにもかかわらず快活に笑うのだった。ここの住人は強い…。

――それから約二時間、十軒ほどの雪おろしを手伝い、立ち往生している車を三台救出した。やっとこさ家に戻ったのは昼過ぎで、もうヘトヘトに疲れていた。何せ住人は年寄りばかりだからしかたないのだ。スキーどころじゃなかった。でもそのかわり、卵やら大根やらを持ちきれないぐらいもらった。思わぬ戦利品だ。

「三日は籠城できるね」

妻は御満悦だ。

雪は昼前にやんだ。だがまだ陽は出ていない。北風が吹き出し、窓がカタカタ鳴る。空にはぶ厚い雲がいまだに居すわっている。そいつがゆっくりと東に動いていた。体感温度はどんどん下がった。軒下にぶら下げてある温度計はマイナス三度をさしている。異常事態だ、全く。テレビをつけると、大雪のニュースばかりで県内は大混乱に陥っていた。交通はほぼストップしている。津市内では、どこから持ってきたのか、雪上車まで走っていた。あまりのことで笑えたが……。予測不能のできごとに出会うと人間は混沌の渦に放り込まれる。しかしけなげに、大胆に対処できるらしい……。なぜだか少しホッとする。

「あら、京ちゃん、水出ないよ！」

妻が突然けたたましい叫び声を上げた。

台所に行って古くさい蛇口をひねってみてもポタリとも出ない。

「水道管、細いの使ったでな。凍ったかな」

外に出て調べてみてたまげた。水道管どころじゃない。谷川も小滝も凍結していたのだ。

「えー、でもさあ、朝は水出たよ」

首をひねりながら妻は凍った滝を見つめる。

「家の中のパイプは凍ってなかったんやないの。タンクにも、水、貯めてあったし」

「そうか。それ全部使っちゃったのね」

「とりあえずはさ、そこらの雪掻き集めて、鍋で溶かして使うか」

「すごいね。まるで高所キャンプ。ヒマラヤみたい」

笑いながら、妻は、ふだん水を切らしたことのない小滝にじっと視線を注いだ。

「この家の元の持ち主のおじいさんさあ、ここに全部書いてあるって言ってたけど、どういう意味なのかな」

不意に思い出したらしく、彼女はぼそぼそとつぶやいた。

「どうなんかなあ。適当に言ったんやないの」

「そうかなあ。ちょっと見てみようよ」

そう言うなり、妻は納屋からハンマーを持ってきて、今や氷瀑となった滝の氷をいきなり叩き割り出したのだ。それこそ予測不能の行動だった。あっけにとられてボケッと眺めているうちに、彼女は女とは思えぬすごいスピードと腕力で次々と氷を打ち砕いた。氷片は硬質なきらめきをそこら中に撒き散らした。

やがて高さ二メートルの滝の下半分の地肌が見え始めた。その時、どことなく微妙な違和感を感じた。滝に顔を近づけ、目を凝らす。何かが変だ……。そして、数十秒後、その違和感の正体に気づいた。

それはコンクリートだった。今まで自然の滝だとばかり思っていたそいつは、実は人工的に造られた物だったのである。自然石に見せかけた岩肌は、大きめの礫(れき)をコンクリートで固め、継ぎ合わせたものだった。いつも水が豊かに流れていたし、岩肌も黒ずんでいたので気づかなかったのだ。

唖然としてたたずんでいた妻は、唐突に、

「あれ、何かしらね」

と、滝の中心に近い所にある、直径十五センチぐらいの丸いくぼみを指さした。くぼみの少し奥に何かがある。取っ手のような物がついている。蓋？　妻が首をかしげた。おそるおそる掴んで引っ張るとスポンと簡単に抜けた。暗い穴をスマホで照らす。キラリと反射が返る。妻は迷いもせず穴の奥に手を突っ込んだ。

「おい、大丈夫か」

返事もせず、彼女は「エイッ」と力まかせに何かを引きずり出したのだ。

「何……これ」

それは三十センチほどの大きさの仏像だった。そう古いでもなく、全身キンキラで山吹色に目にも鮮やかな光を放っている。

「観音様？　すっごく重いよ」

ひょいと渡されたら、右手首がカクンとなった。慌てて両手で支える。

「ともり、これ片手で持った？」

「うん」

妻はこともなげにサラリと言った。

「ひょっとして純金かも……」

「ウッソお。いくらぐらいになんの？」

「本物なら五百万以上やな」

「ひえぇぇ」

クリクリの目玉がいっそうまん丸になる。

「で、どうすんの？　コレ」

「どうすんのって……。どうする？」

——その夜、この家の元の持ち主のところに電話したが、何度かけてもつながらなかった。番号自体、使われていなかったのだ。

「この観音様さあ、お寺の仏様みたい。ニヘラッて笑ってるよ」

蛍光灯の下でまばゆく光っている仏像に目を細めながら妻は言う。

「ニィーッて笑った時のひかりちゃんみたい」

そう言われれば似てないこともない。

「ということは、君にも似てるってことや」

「そうかなあ」

よっこいしょっと、彼女は両手で持ち上げた観音様をじっくり観察する。

「台座の裏に何か書いてある」

『夢違え観音』そう書かれていた。

「ユメチガエカンノン?」

「さあ……。和尚さんにきく?」

ようやく雲が切れて、鋭い月光が一瞬だけ畳の上をよぎった。

「晴れてきたね」

ひょいと窓の外を見て妻が立ち上がる。いっしょに窓の所に歩いて行った。

再び月が出て庭の雪をさあっとなでる。そして、すぐ雲に隠れてしまう。その繰り返しだ。雪の青白さが瞼の裏に斬り込んでくる。洗い清められた青だけが瞳に残った。

そうか、月も星だったんだ。自分一人では輝くことができない青白い星だったのだ——。

翌日、二人で唱久寺に行った。

和尚は観音像を一目見るなり、ホウ、と唸って黙り込んでしまった。しかたなく、

「ユメチガエって書いてあるんですが……」

と、こっちから声をかけた。

うん?と顔を上げ、彼は、

「ユメタガエですな」

そう訂正した。

「ユメタガエ？」

「そう。悪い夢をいい夢に取りかえる、そういう力を持つ観音様です。悪夢が正夢にならないようにしてくれる仏様です」

「どうしたらいいんでしょう。元に戻せばいいのかな。持ち主に返さなくていいのかな」

妻は静かに和尚の方に向き直った。

「どちらも必要ないでしょうな。仏様は奥さんに掘り出されることを望んでらしたんでしょうな。埋められ忘れられた物を掘り返して陽の光の下に導くのが奥さんの役目です」

妻は瞬きも忘れて和尚の顔を見つめている。少しだけその瞳はうるんでいた。

「でも……。あの、ここで預かってもらえませんか。家に置くのは荷が重いんです」

和尚はいきなりニカッとほほえんだ。

「何の、何の。奥さんさっき片手で持ちなした。両手でもかかえきれんってなことないでしょ。重いのは思い出だけや。ヘタなシャレですな」

「ハァ……」

「あそこに住んでらした江馬さんは平家の末裔やと自分で言うとりましたな。でもな、そんなこと何の役にも立たへんわ。源氏も平氏も夢のまた夢や。ええ夢か悪い夢かは分かりませんけどな」

しばらくの間沈黙が流れた。和尚はコホンと咳をして、首をめぐらせて窓の外の空を見上げた。きのうとはうって変わって雲ひとつない空に真昼の星が輝きを放っている。

「雪が、溶けますなァ。流水間断なしやなあ」

和尚はゆっくりと立ち上がり、庭の雪を見ながら誰にともなく言った。

「醒(さ)めへん夢があってもおもろいんちゃいますか」

――雪は陽光と同じぐらいまばゆく光を放っている。溶けることなど全く知らん顔で――。

――今、観音様は、小滝の傍の小さなお堂に鎮座して南を向いて立っている。妻に頼まれて赤いお堂を作ったら、何コレ、お狐さんじゃないんだよ、それにさ、鳥の巣箱みたいじゃん、と呆れ果てられたがめげずに作った。

「仏様盗られないかな」と彼女は心配したが、誰も盗んでいく者などいなかった。ただ、時々、近くの年寄りが賽銭を置いていくので困る。一週間で二千百十八円も貯まった。お金は交通遺児育英会に寄付した。これからもそうするつもりだ。

庭の桜は八分咲きだ。年月(としつき)なんてアッという間だ。

桜の小枝をメジロが数匹せわしく渡り歩いている。その下でスズメがパン屑をついばんでいる。鳥の声がにぎやかだ。

「京ちゃんさあ、アタシとひかりちゃんとどっちが夢なの」

縁側に腰掛け、陽をいっぱいに受けながら妻は小声で訊いた。

「さあなあ。どっちも夢じゃねえの。そのうち醒めるやろ」

途端にほっぺたをムンズとつねられた。

「何すんだよ！」

「醒めた？」

「醒めねえ！」

「もっと気の利いた返事しなよ。女心をくすぐるようなさあ」

そう言って妻はニィーッと笑った。

ちなみに賽銭はその後も後をたたなかった。だから今は、お堂の前に、こんな張り紙がしてある。

> 賽銭　迷惑千万　金より夢下さい
> うしろ向いても前には進めます
> 運も夢もそこら中に転がってます

犬のウンコ以上に
星の数よりもっと多く（綿帽子家主人）

どこかでウグイスが鳴いている。

「いい天気だねえ」

妻はそう言って大きく伸びをした。指の先には光でいっぱいの青空がある。

そろそろ春も盛りに近い。ウグイスもだんだん上手に鳴くようになっている……。

黄昏の朝

目に見えない物が見えるというのはひとつの特殊な才能には違いない。しかしそれは案外厄介なことかもしれない——。

一、白い蛇

高橋キリコが初めて店にやってきた時は雨降りだった。しつこい梅雨の雨がしとしとと屋根を濡らしている夕方だった。

入り口のドアにつけられた鈴がチリチリと鳴り、紫の傘をすぼめながら女が入ってきた。ジーンズに白いTシャツ、右手に小さな緑色のバッグを持っている。髪はしめっている。——女は傘を傘立てに入れ、ゆっくり歩いて、カウンターのすぐ前のテーブル席に腰を降ろした。

「いらっしゃいませ」

微笑んで声を掛けると、女は微かに頭を下げた。

「コーヒー、ホットで」

二、三度瞬きをして、カウンターの奥に目をやり、ささやくような声で女は言った。ハイ、と答え、お冷やを持っていくついでに、

「タオルどうぞ。髪、濡れてますよ」

と、新しいタオルをテーブルの隅に置いた。女は薄く笑い、頭を下げたが、それを使おうとする気配は全くない。笑った瞳は黒目がちで、眼鏡越しに深い色をたたえている。頬に赤みがなく真っ白で一分の熱も感じない。髪をうしろで束ねていたが、化粧っけはさらさらなく、解れ毛に細かい水滴がうっとうしそうに光っている。

　女は笑ったまま少しの間こっちを見ていた。それはあまりにも熱のない視線だった。怪談話に出てくる幽霊みたいだなと思ってしまった。コーヒーを淹れている間、女は時々視線を送ってきた。五秒ぐらい見ては瞳を反らし、また数秒こっちを見ては目をふせる。これはあまり気持ちのいいもんじゃない。どうにも気になってたまらないので、

「僕の顔、何かついてます?」

と、少し皮肉っぽく茶化して言った。すると女は目に見えてうろたえたが、数秒ののち、まっすぐにこっちを見つめ返し、

「ごめんなさい。失礼ですよね、私」

と、案外はっきりした声でつぶやいた。

「いやァ、あんまり見つめられるもんで」

照れもあって、頭を掻き掻き言う。

「私、人が見えないモノが見えるんです」

突拍子もないことを平然と女は口にした。呆気に取られて、ハァ？と聞き返してしまった。女はいたって真面目な顔つきだ。

「左の手首、痛くはありませんか？」

エッと思った。おとといの晩、階段でつまづきそうになって、慌てて左手を出して痛めたのだ。びっくりして彼女の顔を見た。

「どうして分かるの？」

女は少しホッとしたように息を吐いた。

「左の手首の所に、白い蛇が巻きついています」

「蛇？ 白い蛇？」

言っておくが左手首には湿布も何もしていない。手首自体の動きに違和があるというわけでもない。なぜ分かるのか？ しかもいきなり白蛇と言われれば誰だって驚く。呆然と棒立ちになってしまった。

「信じてもらえないのは分かっています」

言うなり、女はすっと立ち上がった。

「腕をカウンターに置いて下さい」

あまりの静かな口調に圧倒され、言われるままに腕を置いた。女の髪はまだ湿っている。

「取りますね」

絡まったヒモをほどくように、彼女は両手を手首の辺りで動かしている。何だか手品を見ている気がした。女の手が腕に触れたが、ひどく冷たかった。冷たかったが、人間の肉の感触は確かにあった。

ヌルリと何かがはがれた。いや、そう感じた。

「取れました」

言ってから、自分の右手を顔の前に差し出す。蛇の尻尾をつまんでいるかのような手つき。しかし、もちろん何も見えない。

「痛い、ですか？」

ハッと我に返る。痛みが消えていた。全く痛みがないのだ！ ゴクリと生唾を呑み、まじまじと彼女の瞳を見つめた。

「蛇は放っておくと、また巻きつきます。何か入れ物ないですか？」

「入れ物？」

声がひっくり返りそうだ。

「ダンボールか何かでいいんです。囲いのある物に入れれば出てきません」

奥からあたふたと小さなダンボールを持ってくる。野菜の入っていたヤツだ。

女はひょいと、蛇（らしきもの）を箱に入れ、ポンとフタを閉じる。

「え？ コレで出て来ないの？」

完全に信じ切っている自分がそこに居た。

「大丈夫です。出てきません」

女は穏やかに笑った。頬に紅みが差している。彼女はゆっくりとイスに腰かけた。

「気持ち悪いですよね、こんなこと……」

「いや、何といっていいか。信じられないですよ、まだ」

コーヒーカップをテーブルに置いて言うと、

「そうですよね。それが普通ですよね」

つぶやき、タオルを軽く髪に当てた。

「そういうのって、しょっちゅう見えるんですか？」

お盆を抱えたまま何となく尋ねていた。

「見える日と見えない日があります。こんな雨降りの日はよく見ます」

「へぇえ。幽霊みたいに？」

コーヒーを飲む女の白い歯がカチッとカップに触れた。笑っていたのだ。

「いいえ。実物そのものです。私にとっては全部リアルな実体です。重さもあります」

実物と聞いてちょっと背中に冷たいものを感じた。本物の蛇が腕に巻きついている姿を想像してしまったからだ。

「実物そのものの蛇をよくつかめますね」

「初めは怖かったけど、そのうちおそるおそるつまんでました。今では平気です。噛みついたり、攻撃したりしませんから」

女はコーヒーにミルクを垂らし、スプーンでゆるく掻き混ぜた。マーブル模様がとぐろを巻いた白蛇っぽく目に映り、だんだんとフチからその形を崩していく。

「どんな物が見えるんですか」

女は顔を上げ、しばらく宙を見つめた。

「多いのはヒモ、鎖、モヤモヤ」

「モヤモヤって何です？」

蛇やヒモ、鎖なら何となく分かる。何かに縛りつけられるという意味あいで分かる。だが、モヤモヤって何だろう。

「私もよく分からないけど、エネルギーを持った感情だと思います」

「感情ねえ」

「プラスの感情よりマイナスの感情の方がよく見えます。マイナスの感情はどす黒いんです。それが取りついた所が痛み出して病気になったりします」

「それも取れるの？」

女はコーヒーを飲み下してから一息つき、

「取れます」

と、ハッキリ答えた。

「でも雲みたいなものですから、スッキリとはいきません。多少残ります」

「取ったモノがあなたに取り憑くことはないの？　例えば蛇とか、モヤモヤとか」

「全くとは言えないけど、ほとんどありません」

「どうして」

「波長が合わないからです。TBSのチャンネルにNHKが映らないのと同じです」

笑ってしまった。女も笑っている。比喩としてはスッ飛んでいるが、何だかよく分かる。

「何でそうだと分かるの」

「何というのか、相手に触れた途端、心の画面にノイズが飛びます。放送終了のテレビ画面みたいな模様が出ます。拒否反応なんでしょうね」

「ノイズが出なかったら？」

「危ないと思います」

二人はしばらく黙った。クーラーが効いて心地よいが、空調の音が妙にうるさい。

「家とか建て物とか部屋とかの持つ雰囲気も分かります。イヤな感じの建て物はやっぱり黒っぽいです。いい感じの家はピンク、争いごとが絶えない家は赤っぽい」

「この店は？」

「透明でした」

女は顔を上げ明快にキッパリと言った。

「透明？」

「ハイ。透明な場所は全てをまるまる受け入れるという特徴があります。ピンク色の幸せそうな所でも波長が合わなければ弾き出されます。個人個人の幸福の波長は違います。透明な場所は全部の波長を受け入れてくれます」

「なるほど。波長ねえ……」

大学で多少物理をかじっていたので感覚的にボンヤリと分かる。人間も植物も堅固な実体のように見えるが、実は原子レベルで見るとスキマだらけなのだ。だからα線やβ線は苦もなく透過してゆく。物質を形作る大もとである電子も突き詰めれば振動する波にすぎない。言ってみれば、この世界は神様が造り出した巨大な幻かもしれない。その幻を人間が五感でどう捉えるかだ。ただそれだけだ。その人間の感覚器官も電気仕掛けなのだ。赤い色の波長は長い。逆に紫の光の波長は短い。その光の波長の違いを、目を通して人間は感じ取り、色としてこの世に体現する。

彼女の言うことは『普通』を生活する人々にとって理解しがたいものかもしれない。しかしその反面理にかなっているようにも思えた。

「波長ねえ……」

もう一度つぶやく。

「今までいろんな所で働いてきたけれど、長続きしませんでした。どの職場からも弾き飛ばされてしまいました。どの色の波長にも合わすことはできませんでした」

女の顔を少しの間じっと見る。女は瞬きしない。長い睫毛が凛として、物怖じせずにまっすぐに視線を返してくる。ドキリとして多少慌てた。だが、女の次のひとことはそれ以上の狼狽と困惑を心の内に呼んだ。

「ここで働かせていただけませんか」

やはり女は瞬きせず、ごく静かに、しかし明確すぎるほど明確に言った。言葉にいちぶの揺るぎもない。もはやそれが決定事項であるかのように耳に響いた。

確かにうろたえた。うろたえはしたが、もうこれは断りきれないだろうという感覚が頭の片隅にあって、突然の現実を冷静に分析している自分がいた。しかし、脳のもう一方が、今という構図を健気に否定する。

「でも、その、客もあんまり来ないさびれた喫茶店だし、給料だってたいして払えないと思うし――」

「それでかまいません。お金は関係ないんです。何とかお願いできませんか」

思いっきり言葉を遮って彼女は平身低頭する。頭が真っ白になってしまい、あたふたと言葉を探したが的を得た言句はひとつも思い浮かんでこない。とんでもなく焦った。

「関係ないって、そんな……あんた、何言うとるの。それなりの報酬はいるやろうし――」

「最初は無給でもいいです。役に立つと思ったらいくらかください。千円でも二千円でもいいんです」

「無茶言うたらあかんわ……」

相手は必死である。訴える瞳が真剣そのもので、一歩も退く気配がない。

「使い物にならなかったらすぐ放り出してもらってかまいません」

女は額にうっすらと汗を浮かべてまっしぐらな瞳をぶつけてくる。どうしてそんなにこの店に固執するのか訳が分からない。

「何でここやないといかんの？ 他に店はいくらでもあるのに――」

たまらずきいた。

「分かるんです、私。ここでなきゃ、ダメなんです。私の生き死にの問題なんです」

彼女は目に涙をためてそう言い切った。瞬間、胸の中でごった返していた言葉がなぜかガラクタみたいに飛び散るのを感じた。言葉はどれもこれも口の先まで出かかっては次々に飲み込まれていった。

「お願いです。一生のお願いです」

震える声で頼み込まれ、もはやなす術は完全に消滅してしまった。

「お客さんは必ず来ます。今以上に来ます」

彼女はそこで初めて二、三度瞬きし、涙のたまった目でかすかに笑うのだった。

二、もじゃもじゃの亀

――彼女、高橋キリコはもともとは稲沢の方に住んでいたらしい。どんな理由かは聞いてないが、二年前に家を出てあちこちを転々としていたらしい。パチンコ屋やバーやら、スーパーのレジ打ちやらさまざまな仕事をしたと言っていた。

「安いアパート借りてそこから職場に通ってました。どのアパートも雨、漏ってました」

皿を洗いながらそう言う彼女の顔は飄々としていて、初めてここにやって来た時のような奇妙な冷たさは感じない。

「ここへ来る前は何してたん？」

「松阪の城跡近くのファミレスで働いてました。半年ぐらいもちました。長い方です」

「意地悪とか嫌がらせとかされたの？」

ふと、彼女は手を止め、こっちを見て口元だけで笑った。かすかなとまどいが感じられる。

「それはないです。いつも大事にしてもらいました」

その瞳をしばらく見つめ、

「じゃ、なんで」

と聞き返す。彼女の瞳にすっと影がさした。

「本性(ほんしょう)かな……」

「本性？」

「自分の本性が生かせる場所じゃないような気がするんです。波長もどことなく合わないし……。それをずっと我慢してると体中が痛み出すんです。自分じゃどうにもならないし、もちろん薬も効きません」

「子どもの時からそんな体なん?」

「いいえ、三年前に突然なりました。いろんなモノが見えるようになったのも三年前からです」

彼女が数瞬遠くを見る目つきになったので三年前に何があったのか聞き出すことができなかった。どことなく陰りのある瞳だった。

彼女はあまりしゃべらない。黙々と仕事をこなす。どこで働いても大事にされたと自分で言っていたが、その理由がよく分かった。食器洗いや片付け、料理の盛り付け、全ての動作が機敏でまちがいがない。接客も柔らかいし、にこやかだ。最初出会った時の印象とは大違いだ。

彼女はあまり化粧をしないのか多少フケて見えた。今ではほとんど見かけることのない黒縁の眼鏡をかけていることもその一因だろう。二十八だと言っていたが、三十代のなかばに見える。気まじめな事務員さんというイメージだ。笑うと何となく可愛さを感じるけれど、色気をそこに見ることはまずなかった。店に来る常連の若い男どもは彼女のことを、カゲで「オバハン」と呼んでいた。いたって失礼な言い方だが、まあ、的を得たネーミングだと、ちょっと笑ってしまった。彼らは、面と向かっては、「キリコさん」と呼んでいた。中年のオヤジ連中や、オバサン客は「キリちゃん」と呼んでいる。

ここ風来亭は祖父母の代からの喫茶店兼小レストランだ。朝は八時に開店する。この海辺の街は観光地だが漁業も盛んだ。当然漁師も多い。ひと仕事終えた漁師たちが朝食を食べに寄ったり、コーヒーを飲みに来たりするのは当たり前のことだった。だから早い日に店を開ける。

漁師連中は魚の話や今日の潮のよしあしをひとしきりしゃべり、だいたい三十分程度で帰っていく。ヒマな年寄りやオバサンたちは二時間ぐらい、ぺちゃくちゃ、ダラダラと過ごし、十一時頃やっと腰を上げる。この連中はちょっと遅く、九時過ぎにやって来る。

店は一時にいったん閉める。三時までは休憩と仕込みだ。

キリコは初め近くのアパートから通っていたが、そのうちにハナレの家を貸してやった。両親も祖父母もとうに亡くなっていたので家も部屋も余っていたからだ。

ハナレは店から二十メートルぐらい離れた山裾にある。店の裏に出て十五段ほど石段を登らなければならない。祖父母が住んでいた家だ。高い所にある分見晴らしがよく、晴れた日には神島や伊良湖まで見えた。

彼女は、毎朝、真正面から陽が差し込んでくることに感激したらしく、

「水平線から朝がやってくる」

とことあるたびに言って喜んでいる。家賃をとるのも気が引けたのでタダで貸した。電気代とガス代だけはもらっている。

朝が早いので心配したが、彼女は七時半には必ずきっちり店に来る。夜の部が三時から九時までなので片付けと翌日の準備で仕事の終わりは十時頃になる。体力的にどうだろうかと気をつかったが、今のところ問題はなさそうに思えた。


「嫁、もらったんか？ タカシ？」

キリコが店で働くようになって十日目、久し振りに店にやってきた禅福寺の文福和尚は開口一番にそう言った。

「いいえ、とんでもない。アルバイトを雇いました」

若い衆にもさんざん言われていたことなので、慌てもせず、落ちついて笑って返した。和尚はちょっとヘンな顔をした。七十過ぎのこの人はガタイのいい体つきで、顔も丸々としていて本当に福々しい。眉毛はぶっとくてダルマさんのようだ。

「いっしょに住んどんのやろ」

野太い声でいう。

「ハナレを貸しとるだけですわ。いっしょには住んでません」

キリコの方をちらりと見る。知らん顔でグラスを洗っている。

「一切衆生（いっさいしゅじょう）の男、ことごとく下心（したごころ）あり」

ニヤリと和尚が笑った。何言ってんだか……。

「アホダラ経だわ」

冷たく投げ返してやったら、

「おみゃあも四十一だで、いいかげん嫁もらってもええ頃だがや」

と、逆に突っ込まれた。

すると、不意にキリコが顔を上げ、

「あのう、お客さん、名古屋人？」

と真面目すぎる顔で訊き返したのだ。

「岐阜の寺で修業しとった。こっち来て三十年以上たったけど、言葉が岐阜弁と伊勢弁でぐちゃぐちゃだで、まーかんて（もうアカンて）」

和尚の言葉に彼女はクスッと笑った。和尚はそれを見逃さず、我が意を得たりという顔で、

「アンタはどこの産な？」

と、すかさず訊く。

「生まれは郡上です。ずっと稲沢で育ちましたけど」

手を止めたキリコの顔が薄く笑っている。

「そうなの？ 岐阜の生まれやったんや」

初めて知った。思わず割って入っていた。

「ハイ。あれ？ 言ってなかったっけ」

彼女が小首をかしげると、

「やっぱりおみゃあはとろくさい」

と和尚はひとしきり高笑いをした。それから右手をぐるぐる回し、肩を上下させた。

「この頃は毎日雨だで肩が凝ってでえれえ痛い。整体いっても治らんでかなんわ(かなわない)。あの整体の岡井はヤブだわ」

そうぶつくさ言ってまた腕を回す。ふとキリコの方を見ると、じっと和尚の顔に視線を送っている。ああ、そうかと思い当たった。

「何かついてる？」

と、小声でつぶやいたら、ハイ、としっかり返事が返ってきた。

「小さい亀が二匹……」

和尚はその言葉を聞き咎めて、こっちを振り向き、

「亀がなんな？」

といぶかしんで尋ねた。

「右肩と首のところに亀がついてます」

和尚の瞳をまっすぐに見て、キッパリという感じでキリコが答える。

「かあめえェ？」

どう言っていいのか、ひっくり返ったと表現したらいいのか、そんな声を和尚は頭のてっぺんから出した。

「カメ？　あのカメ？」

もう一度彼は声をあげる。

キリコはと見ると、和尚の席につかつかと歩いていき、横に座ると、

「取りましょうか？」

とくそ真面目な顔で言い、本当に亀を掴むような手つきで――彼女にとっては本物そのものなのだが――二度、和尚の肩の上辺りをさわった。和尚は目玉をぐりっと見開き、おまけに口まで開きっぱなしで、微動すらせずその様子を見つめている。

キリコは動作を終えると、

「あの…、ダンボールの箱……」

と遠慮がちに言った。ハッと我に返って、厨房の隅に置いてあった野菜の箱を取りに行く。キリコは両手に持った亀?を「ここに入ってね」と、大事そうに箱に入れた。

和尚はポカーンと口を開けたまま彼女を見ている。

「どうですか?」

言われてやっと口を閉じ、目をパチクリさせながら肩を動かし、首を曲げた。

「これは…、治っとる……」

まん丸の目玉がキリコの顔を映して瞬きひとつもしない。和尚は息をするのも忘れてしばらく彼女を見つめていたが、

「どういうことや? 不思議や……。亀…カメ?」

と、ようやく口を開いた。

「一匹は夜店で売っているような緑色の小さな亀で、もう一匹はそれより少し大きな黒っぽい亀でした。尻尾(しっぽ)が馬の尻尾みたいにもじゃもじゃでした」

「もじゃもじゃ……」

「甲羅に苔も生えてました」

「そりゃ、孫が飼うとった亀や。うまいこと冬眠できんと、冬が終わる前に死んだ亀や。背中に苔が生えとってな、縁起物の蓑亀(みのかめ)そっくりやいうて大事に飼うとったんやけどな……。そうか、ワシの体についとったんかあ。二匹ともついとったんかあ」

和尚は、ホーと長い息を吐き遠くを見る目つきになった。疑う素振りは微塵もない。

「何やこれ…。信じられん……。アンタ何者?」

キリコはニッと笑って、こともなげに立ち上がり、サラリと言った。

「ただのアルバイトです。アルバイトのオバハンです」

アレッと思った。若い衆が陰口たたいてたのを知ってたんだ。横向いて笑ってしまった。

和尚の目はますます丸くなるばかりだった。

三、ペンギンの涙

水族館のペンギン飼育員、日田良英(よしひで)は日々女の影におびえている。一年前に結婚したにもかかわらず、以前からつき合っていた女と切れることができないのだ。

良秀はこの店の常連客だ。もう七年も店に出入りしている。出身は知多だが、今は松阪に新居を構えて奥さんと二人で住んでいる。

三年ほど前、彼は、髪の長い上品そうな女性を連れて店に来た。お盆の少し前頃だった。良秀は嬉しそうにカルボナーラを二つ注文し、二人でワインを飲んだ。女性はスラッとした色白の美人で、色黒でいかつい顔の良英とは対照的に見えた。ぺらぺらしゃべる良英に比べると彼女はとてもおとなしく、時々はにかんだように笑って、ええ、とか、そうね、とか言ってうなずくだけだった。

女が席を立ってトイレに行った時、

「お前さんにしては上等な彼女やん」

とからかったのを覚えている。すると良英は顔をくしゃっと崩して、

「今日これから二人で仙鋒閣に泊まるんです」

と小声で言った。へえ、と驚いたが、その時の良英の嬉しさではち切れそうな顔を忘れることができない。

――小暮美奈。それが彼女の名前だ。美奈は元水族館の受け付け嬢で、同じ職場の良英と知り合ったのだ。彼女は既婚者だったが、夫のDVが原因で、夫とは別居し離婚調停中だった。その時彼女はもう水族館はやめていて、どこかの書店でアルバイトをしていた。

美奈と良英はそれはそれは仲睦まじいカップルで、デレデレしている良英はいつも若い

連中に冷やかされていた。

良英は、スマホに小さなペンギンのマスコットを付けていた。スイッチを押すと「好きだよ」と高い声でしゃべる。もちろん美奈にプレゼントされたものだ。店に来た時、同僚に「好きだよ」とペンギンの口まねをされてしょっちゅうからかわれていた。

もうすぐめでたく結婚かな、と思って見ていた二年目の冬、突然二人の歯車が狂い始めた。ちょうど二月十四日のバレンタインデーの夜だった。珍しく粉雪がちらつく底冷えのする晩、閉店まぎわに入って来た客が一人。良英だった。髪は雪でところどころ白く、顔も青白い。なんだか元気、というより精気がない。彼はホットコーヒーを注文すると、ドサリとカウンターの前の席に腰を下ろした。

「どしたん？　元気ないやん」

尋ねても返事がない。仕方なく、黙ってコーヒーを淹れていたら、良英がボソリと言った。

「男が…来てた」

要領を得ない返事に、

「男？　どこに」

と、聞き返した。良英の頬は蒼白だ。

「美奈の…部屋に…」

「美奈ちゃんの部屋？ 誰が来とったの」

「——前の…ダンナ…」

その日、良英は結婚のことを切り出そうと、思い切って彼女の部屋に行ったらしい。そこで男とハチ合わせをしたということだった。

「保険のセールスマンじゃねえの？」

笑って茶化すと、

「違う。前のダンナや」

と投げ捨てるみたいに言う。

「顔、知っとんの？」

「写真で見たことある」

良英はそれきり何も言わない。

「彼女に会ったの？」

「会ってない」

「何かワケがあるんやないの？ 離婚の手続きとかさ」

「何もあるはずない！」

良英はスマホをテーブルに叩きつけた。その途端、青いペンギンが「好きだよ」とカン高い声を出した。それが二人っきりの店の中に響いた。——良英は黙ってテーブルを見つめていた……。

結局、前の旦那がしつこく美奈につきまとい、彼女の住まいをつきとめて復縁を迫ったということがあとで分かった。女は拒否したが、男は執拗で、暴力的に彼女を犯してしまったのだ。美奈は泣く泣く警察に訴え、ようやく男から解放された。

けれど、一度心の隙間に入り込んだ疑念はたやすく振り払うことができない。美奈のことが好きでしょうがないのに、良英の心のシコリはどんどん大きくなっていく。二人の間に幾つものヒビ割れが目に見えず、そして、目に見えて増えていった。良英も美奈も時々いっしょに店に来た。だがそこに以前のような輝きはなかった。それを見ているのが切ないぐらいに——。

それから半年ぐらい、良英は店に顔を出さなかった。そして……。

港まつりの花火大会の日だった。突然、美奈が店に来たのだ。やはり閉店まぎわだった。

「タカシさん、ビール。お酒ちょうだい」

聞こえるか聞こえないかぐらいの声で彼女はつぶやき、出されたビールをたて続けに三杯飲んだ。これはマズいな…ひょっとして……と勘ぐった途端、彼女はテーブルに突っ伏

して泣きじゃくった。ここに来るまでにすでに相当飲んでいたらしく、足元もおぼつかなく、

「良英のアホ、アホ、アホ!! どうして分かってくれへんの!!」

と、宙を見据えて何度も叫ぶ。

「どうしたんさ、何があったの?」

困り果てて向かいの席に座って話しかけた。

くしゃくしゃの顔のまま、美奈は、

「別れてくれって言うんだよ。信じられる?」

と、顔を上げて瞳をぶつけてくる。

「また、どうして……」

「私のことは好きだけど、会うとどんどん苦しくなるからって……。自分のことが信じられなくなるから苦しいって……。そんな言い草ってある? 好きならなんで別れるの?」

小心で臆病な良英のことだ。疑惑を感じたまま関係を続けてゆくことに耐えるだけの、強靭で柔軟な心を持ち合わせていなかったのだろう。アホ、アホ、アホ、美奈は際限もなく繰り返した。そして、ビールを六本も空けた。

結局、美奈は酔い潰れてしまい、アパートまで送るハメになった。

階段を担いで上がり、ドアを開け、布団を敷いて寝かせた。寝かせる時、美奈の体から強い女の匂いがして、ゾクッとした。こりゃイカン、と頭を叩き、妄想を振り払って彼女に背を向けた時、

「行っちゃうの？　抱いてよ！」

と、美奈が唐突に起き上がって叫んだのだ。びっくりして振り向いた。美奈の瞳の奥に青い炎を見たような気がして、一瞬その場に釘づけになった。

「抱いてよ‼」

もう一度美奈の瞳が胸を貫いた。

笑って穏やかに言ったつもりだったが、声は震えていた。時計の音が薄闇に響いていた。

「抱けるわけない」

逃げるように部屋を出、ドアを閉めた――。

――そのあと三ヶ月ぐらいして、良英は結婚した。名古屋に研修に行った折に知り合った、自分より十も歳下の女性と……。

そして、あろうことか、良英はいまだに美奈とふた月に一回の割で密かに逢瀬を重ねているのである。美奈との糸を断ち切ることができなかったのだ。もうすぐ子どもも生まれるというのに……。

――なぜ、こんな話をいきなり思い出したかというと、昨日久し振りに良英がやってきた時、キリコが彼の方を数秒間じっと見て、

「青いペンギン…。泣いてる」

と、いきなり言ったからだ。息が止まるぐらい驚いた。彼女に良英の話はしてなかったし、彼はもうスマホにペンギンのマスコットを付けてはいなかったから。

「見えるんだ、キリちゃん」

小声で聞く。キリコはかすかにうなずき、ポロリと涙をこぼしたのだ。

「ごめんなさい。でも、すごく悲しい」

そうつぶやいて、彼女はカウンターの奥にしゃがみ込んでしまった。

良英はそんなことに気づく様子もなく、ひとしきり世間話をしたあと、

「予定日は七月の末です。俺も父親になるんですよ」

と能天気に笑った。その前にケリつけろや、と思ったが口には出さなかった。

その時、キリコが立ち上がり、

「ペンギン、泣いてます」

と良英に言った。彼は、うん?と顔を上げて、入り口のドアの方を見、

「いい耳してますね。でもあれはアシカ。ペンギンじゃない。でもそろそろ昼休み終わり

や。行かなきゃ。マスター、この人新人さん？　初めて見た」と笑った。キリコの顔に比べると良英の顔は呑気そうに見えたが、その笑顔にはかげりがあった。

「アルバイト。先月から」

カウンター越しに答えると、「そうなの」と良英はキリコの方を見た。キリコは小さく会釈した。

昨日のキリコの言葉はあまりにもいきなりすぎて、かなりびっくりした。だが、彼女はあの一瞬で全てを感じ取ってしまったのだろう。彼女の想像を絶する能力には度肝を抜かれる。けれど、こんなふうに人の悲しみをいちいち感じ取っていたらひどく疲れるだろうな、といささか同情するのだった。そう思って彼女の方を見たら、わき目もふらずに、黙々とカップを洗っているのだった――。

四、はてしない紐の先

この店にキリコがやってきてひと月が過ぎた。見えないものを見、人の痛みを柔らげることのできる彼女の能力は、静かに、静かに、そして着実に店に来る客の間に広まっていった。彼女は頼まれれば、その人についている何かを取り除き、頭痛や腰痛を治した。だから例のダンボール箱にはもう三十個以上、取り除かれた何かが入っているはずだ。その箱は、今は厨房の横の小さな応接室にひっそりと置かれている。心なしか、箱はほんの少し重くなっているような気がした。

キリコは、肉体的な痛みに関しては迷うことなく取り除いたが、精神的な苦しみに対してはあまり積極的ではなかった。精神的な何かが憑いている場合、彼女は、何も見えませんよ、と笑って返すことが多かった。

「本当は、見えてるんです。でも、それは取っちゃいけない気がするの」

店に客がいない時、彼女はこっそり打ち明けてくれた。

「どうしてだろ。何でそう思うの？」

キリコは小さく息を吐き、ちょっとの間宙を見つめた。

「体の痛みは生活の障害になるだけだけど、心の痛みはそうとは限らないでしょ？　それがその人自身を形作る土台になることだってあると思うんです……」

「そうか。無闇やたらに取っちゃいけないんだ」

キリコが眼鏡をはずし、何気なくティッシュで拭いた。その横顔はどうしてかひどく無

防備に見えた。無防備さゆえに息を呑むほど女を感じた。思いがけず引き込まれて、じっと見ていたら、

「どうしたんですか」

そう言って首をかしげ、再び眼鏡を掛ける。

「あのさ、キリちゃん、今度の休み月曜やろ。前の水族館にペンギン見に行こうか」

とんでもなく困惑して、驚くほど脈絡のない言葉が飛び出した。

彼女は数秒間じいっーとこっちを見つめていたが、いきなり頬をほころばせた。

「ペンギン？ あの飼育員さんのペンギン？」

「そう、良英（よしひで）ペンギン……」

するとキリコはいたずらする子どものような瞳になった。

「それってデートですよね？」

心が冷や汗をかいて、三歩退（ひ）いた。キリコは目だけで笑っている。

「いや、そういう意味じゃ――」

言うのを遮（さえぎ）って、キリコは答えた。

「連れてって下さい。でも――」

「でも……何？」

冷や汗タラタラだ。

「でも、その前に、あの飼育員さんの肩にとまってる青いペンギンの話を聞かせて下さい。何か知ってるんでしょ、マスター」

「どうして分かるん？」

「だってこの前、マスターは、見えるんだ、キリちゃんって言ってたもの。その言い方ヘンですよね」

真っ直ぐな瞳に観念した。

——その日は早めに店を閉めた。そうしてキリコに良英と美奈の話をした……。

キリコはじっと話に耳を傾け、時々グズグズと鼻をすすった。話が終わってもしばらくの間、彼女は黙ったままだった。何だか気まずくて、「コーヒーでも飲む？」と訊くと、コクリとうなずく。コーヒーを淹れていると、

「その青いペンギンのマスコット、もう持ってないのかな？」

ときいてくる。

「スマホには付けてないみたいやな」

「捨てたのかなあ」

キリコは独り言みたいにつぶやく。

「好きだよってしゃべるマスコットをスマホに付けてたらちょっと問題なんやないの。誰にもらったって奥さんヤキモチやくかも」

「そうですよね。捨てますよねえ。だからああやって魂になって憑りついてるんですよね」

出されたコーヒーをスプーンでぐるぐるかきまぜながらキリコはうつろな瞳を宙に向ける。そして、

「辛いだろうな……」

と、ポツンと言う。

「誰が、辛いの？」

「美奈さん……。どっちつかずで放っておかれるのが一番辛いでしょ。別れるより辛い」

「良英は？」

「無責任。かわいそうだけど。全部自分の弱さが招いたことだから」

「厳しいな」

すると、彼女はスッと顔を上げた。

「本当はマスターもそう思ってるくせに」

言ってからクスリと笑う。どうして、と驚いた顔をしたら、

「話し方で分かります」

キリコはもうしゃべらなかった。ただ黙って冷めかけのコーヒを飲んでいるのだった。

――月曜の夕方、二人で水族館に行った。平日なので混んではいなかった。とても暑い日で、雲ひとつない夏空がまぶしい。陽は傾きかけていたが、それでも強烈な熱射が肌を焦がす。ほんの少し歩いただけでも額から汗が吹き出してくる。店から水族館のチケット売り場まで、道を挟んで三百メートルぐらいだが、それでもたまらなく暑い。早くクーラーの効いた館内にたどり着きたくて思わず足早になる。キリコはというと、白いTシャツにチェックのロングスカートというでたちで、さほど暑さを気にせずに歩いている。彼女とは十以上歳の差があるので、さすがに若さを感じる。今日は眼鏡を掛けていない。それだけで別人に見えた。

「メガネ、どしたん?」

彼女は左手で前髪を流し、ちょっと笑う。

「街に出る時ははずします」

「なんで? 不自由やないの?」

「見たくないものが見える方が不自由なんです」

なるほど、感心してうなずいているうちにチケット売場に着いた。

「大人一枚、割引きで」

キリコはアレッという顔をした。

「二枚じゃないんですか?」

「俺はパスポート持ってる。同行者は何人連れて来ても三割引き」

ニッと笑って答えると彼女は、へええ、と驚いた。子どもっぽい笑顔だなと思った。同時にいつもと何か違うぞと思う。陽の光の下で見る彼女はとても若く見えた。二十八という年齢以上に若さを身にまとっている。あの黒縁眼鏡を掛けていないせいもあるだろうが、それだけではないような気もした。

——とにかく暑かったので、とりあえず館内の大型円形水槽の前に行った。大小様々、色とりどりの魚が同じ方向に泳いでいたが、一匹だけ二メートルぐらいの黒い鮫が逆方向に泳いでいる。頭のところに小さな傷があった。ビー玉のような目が不機嫌そうに動く。

「あの鮫、赤いモヤモヤ引っ張ってる」

「そんなのまで分かるの」

「大きいから見えちゃった。やだな」

「世の中のありとあらゆる不幸や痛みを感じてたらキリない。それこそ不幸だよ。何とかならないの」

ハアアーとため息をついたら、

「寝てる時とおなかがいっぱいの時は何も見えませんから大丈夫です」

と笑う。これってひそかにお食事の催促?と思ってしまい案外カワイイなと笑ってしまった。

「じゃ、先にペンギン見て、レストランで何か食べる? ペンギンの水槽屋上やで暑いよ」

彼女は顔をほころばせ、ハイ、と答えた。

と言ってもまだ暑いので一階から二階の展示のうち、一階だけざっと見てから売店でソフトクリームを二つ買い、体をなるべく冷やしてから屋上に出た。まだ四時だから陽は全くかげっておらず、一旦涼しい所に入ったあとなのでよけい暑さを感じた。

ペンギンの水槽は屋上の一番南の端にあったので、陽の光にさらされて百メートルぐらい歩いた。この暑さの中、ペンギンを見ようという人などなく、屋上にはたった二人だった。歩きながら顔の汗をハンカチでぬぐってキリコの方を見たら、ずっと空を見つめて、目で何かを追っている。

「青い紐が空から降りてきてる。どこからやってきて、どこに続いていくんだろ? こんなの初めて。紐が青く輝いててすごくきれい」

思わず見上げた。だが、山並みの上のまばゆい太陽しか目に入ってこない。

「紐？ 青いの？ キリちゃん、見えないよ」

キリコは小走りに駆け出した。

「今、手につかまえました。なめらかなシルクの紐です。これを辿っていきます」

キリコの足は速かった。とても追いつけない。キリコのいる所まで、のたのた、ゼイゼイと走ってやっと着いた。キリコは涼しい顔で突っ立ち、ある一点を見つめている。彼女はそれを指した。アッと声を上げてしまった。それは、水槽の前に両面テープで貼り付けられたあのマスコットペンギンだった。ペンギンの下にはこんな貼り紙がしてあった。

> みんなのことが好きでたまらないペンギンさんです。おなかのボタンを押してね。
> 好きだよーとおしゃべりします

「紐はこのマスコットにつながってます」

「あの野郎、こんなに所(とこ)に置いてたのか」

ペンギンは多くの人の手に触れられて少し黒く汚れている。

「捨てるよりひどいよ。さらし者だよ」

キリコは両手を握りしめた。

「でも考えてもみなよ、キリちゃん。こうして堂々と出しておく方がマスコットも集客に一役買うことができるし、良英も公然とさわれるじゃないか。あいつとしてはよく考えたもんやと思うけど」

「でも……やっぱり可哀想だよ」

キリコは怒っているようでもあった。そして、そっと腹のボタンに触れた。「好きだよ」という声はとても小さくて切れ切れだった。多分電池が切れかけているのだろう。それとも壊れかけているのか。

キリコは水槽のペンギンなど見ていなかった。いきなり振り向き、

「この紐の結び目、ほどいていいですか？」

と真剣な表情で訴えかけた。

「ほどくとどうなるのさ？」

「分からない。分からないけどほどきます」

「まかすよ。でも、どうなるんだろな」

「何かが切れて、何かが始まります」

キリコのしなやかな指が目に見えない結び目をゆっくりと解き始める。傾きかけた陽射しをまともに受けて、生き物のようにその指は何もない空中を漂っている。

「なかなかとれません」

キリコの額は汗でいっぱいだ。見ているだけでは申し訳ないので、ハンカチで汗を拭いてやった。彼女はそんなこと気にもかけない様子で結び目と格闘している。Tシャツの背中が汗で濡れてきている。そして……。

「とれました」

五分後、彼女は汗まみれの顔で振り返り、肩で大きく息をし、右手を顔の前にさし出す。

「指を放します」

こっちを見ていた瞳をペンギンのマスコットに戻すと、彼女は右手の親指と人さし指を高々と上げ、パッと開いた。一瞬、その指の先がまあるいトパーズの光を放つのが見えた。太陽の光ではない、火の赤さが意志を持ったようなまばゆい輝きだった。

目はそこに釘づけになった。指先から立ち登ってゆく何かが確かに存在している。

「昇ってく……。どんどん高く昇っていきます」

見えないけれど、そんなイメージがハッキリとあった。その時、触ってもいないのにペンギンが、「好きだよ」と鳴いた。でも、その声があまりにも切れ切れで、どうしても「好きだったよ」としか聞こえなかった。

キリコは空を見上げている。額の汗の粒をぬぐいもせず、ただ黙って、目を細め、高い高い夏空を見上げている……。

突然水槽の中のペンギンが「ハッハッハァー」と鳴いた。すると、まわりにいた十匹ぐらいのペンギンもそれに合わせるみたいに「ハッハッハァー、ハッハッハァー」と鳴く。まるで大合唱だ。辺りに「ハッハッハァー」と声がこだました。ハッハッハッハァーハッハッハァー。

二人はポカンと突っ立ってその声を聞いていた。

「笑ってる」

キリコが言った。そして初めて額の汗をぬぐった。——横顔が静かに微笑んでいる。ペンギンの合唱はしばらく止むことを知らなかった——。

五、タツノオトシゴの炎

キリコと二人で水族館へ行った三日後の夕方のニュースを見て仰天した。何と飼育員の一人が円形大形水槽を清掃中に鮫に手を噛まれて、二十針も縫う大怪我をしたというのだ。見たところ水槽に鮫は一匹しかいなかったから、キリコが赤いモヤモヤを引っ張っていると言った鮫だろう。確か、赤は争い事の色だと彼女は言っていた。水族館などで飼われている鮫は普通人を襲うことはない。TVのニュースでは、何かストレスを溜め込んでいたんだろうと解説していた。

「鮫も人間も同じということかあ」

テレビを消して言うと、

「頭に傷あったでしょ。あれですね」

と、キリコはテーブルを拭きながら平然と答える。

「キリちゃんすごすぎる。何でも分かっちまうんや」

「それが辛い時の方が多いんですよ」

相変わらずテーブルを拭きながら言う。

「俺には何もついてない？」

するとと彼女はヒョイと振り向き、

「残念ながら無色透明です」

と、ニッと笑って言った。

その時、ドアが開き客が入って来た。この店には珍しい親子連れだ。もうとっくに七時を回っているというのに——。

「ミックスパフェ二つとアイスコーヒー」

父親と思われる三十過ぎの男はそう注文し、小学校二年生ぐらいの男の子に、

「パフェ食べたら、それ、逃がしてやるんだぞ」

と、子どもの持っているプラスチックの小さな虫カゴを指さして言った。よく見るとそこには真っ白いタツノオトシゴが入っている。

「すぐ死んじゃうんだからね。可哀想でしょ」

子どもの横に座った若い母親が口をはさむ。

男の子はじいっと黙ったまま虫カゴを注視している。顔色が異様に白いのが目についた。

「家じゃ飼えないんだからさ」

父親が言っても口をへの字に曲げて何もしゃべらない。

男の子は長袖のシャツを着、ジーンズを履いている。見るからに暑苦しそうだ。夏風邪でもひいているのかなと思った。

――パフェとコーヒーをキリコが運んでいき、テーブルに並べる。その間も子どもは虫カゴを持ったままだ。

「珍しいですね。白いタツノオトシゴなんて」

キリコが虫カゴを覗き込む。男の子はぎゅうっとプラスチックケースを抱きしめた。

「夕方、近くの浜で遊んでて見つけたんです。今から名古屋に帰るんですけど、家じゃとても飼えないし……。もっとも家に着くまでに死んじゃうでしょうけど」

父親は苦笑いした。

「どうしても持って帰るってきかなくて……」

キリコはニコッと笑顔を男の子に向けた。

「それ抱えてたら食べられないよ。溶けちゃうよ、パフェ」

男の子はパフェの方に目を向けた。

「おばちゃんがさ、カウンターの所でそれ見ててあげるからさ。食べれば?」

男の子はしばらく黙っていたが、やがて小さくうなずいた。

「すいません」

母親が頭を下げる。いいえ、とキリコは答え、虫カゴのケースをカウンターの上に置く。

ようやく男の子はパフェを食べ出した。

「おばちゃんやったんや」

小声でからかってやったら、

「みんな陰で言ってますよね。マスターだってそう思ってるでしょ」

とあっさりやり返された。今日は、彼女はやっぱり黒縁眼鏡をかけ、髪をアップにしている。そうするとどうしても三十代に見える。もう少しおしゃれな眼鏡かコンタクトにすればいいのにと思ってしまう。

その時、外でドン、という音が響いた。花火が上がったのだ。この時期、毎日七時二十分から十分間花火が上げられるのだ。

「花火？」

母親がドアの方を振り返った。

「店の外に出れば見えますよ。えーと、今日は港の方で上がるかな」

「毎日上がる場所が変わるんですか？」

父親が聞く。

「いえ、一週間ごと。場所によっては見えない地区もあるので」

へえー、と母親が感心すると、男の子が、

「見たい」と初めて口をきいた。

「おう、見てこい。パフェは食べといてやるから」

父親がニッと笑うと、子どもは慌ててパフェを口にかき込み、走ってゆくのだった――。

「あの子、色素性乾皮症という病気なんです。二万人に一人の確率に当たっちゃいました」

父親の笑い方には寂しそうな翳(かげ)りがあった。

「ちょっとでも日光に当たると皮膚がヤケドしたみたいに腫れるんです。皮膚ガンにもなりやすいといわれて……。それであんまり外でも遊ばせてやることができないんです。だから暑いけど長袖着せて、陽が落ちる頃に外で遊ばせるんです。今日は水族館で魚見て、さっき浜で少し遊ばせました。その時、タツノオトシゴ見つけちゃって。僕といっしょで白いって喜んじゃって……」

父親は一気にそこまで言って、長いため息をついた。

「そうだったんですか。それで長袖を——」

また花火が三つ続けて上がる。ドアの外で、わっ、きれい、と母親の声がする。

「ちょっと辛いですね」

そうつぶやくと、

「海で泳がせてやることもできなくて」

と父親はまた肩で息をした。

その時、キリコがカウンターの外に出て、あのう、と遠慮がちに声をかけたのだ。

「失礼を承知で言うんですけど、身内で火事で亡くなられた方、おられますか?」

途端に父親の顔が驚きでいっぱいになった。

「どうして……。何でそんなことを――」

彼は射つくす瞳でキリコを見つめた。キリコは目をひとつも反らさず、静かに言う。

「お子さんの体に、黒焦げのお地蔵様がついてらっしゃいます。すごく寂しい目をしています。そのお地蔵様は右手に真っ赤な布を持っておられます。その布が病気を引き起こしています」

父親は、ひきつった表情でキリコを凝視する。時が止まってしまったように。

「バカな――。そんな……。まさか」

「お地蔵様はまだ子どもの顔をしています。額に三日月みたいな傷跡が見えました」

父親は息を止めて黙り込んだ。それが三十秒近く続いた。キリコは臆することなく、

「ご身内の方だと思います」

と淡々とした口調で言い切った。数秒後――

「――それは…たぶん…私の弟です。子どもの時、裏山の火事で逃げ遅れて死んだ弟です……。見えるんですか？」

キリコは小さくうなずく。

「私が…三年生の時、山で遊んでいて山火事が起きました。キノコ採りの人の火の不始末で――。火事に気づいて二人で山を駆け降りて逃げましたが、途中で煙にまかれて弟を見

失ってしまったんです。私は何とか逃げのびましたが、弟は焼死体で見つかりました。判別できないほど真っ黒に焼けただれて——。いまだにその時の責任を感じています。私の両親はショックを引きずったまま早死にしました。私は大垣の実家を離れ、名古屋で就職し、妻と結婚しましたが、いまや実家は空き家、墓も荒れ放題だと聞いています……」

キリコと二人、黙って顔を見合わせる。

「額の傷は、弟とケンカした時、私が棒で叩いてできた傷です…。そうですか…弟が……」

父親はうつむいた。花火がまた続けて上がる。そうですか…弟が…。父親は再び言った。

「キリちゃん、取れないの?」

キリコはドアの方に視線を注いだ。

「赤い布は仏様がしっかり握ってらっしゃるので私の力では取れません。物や動物だけなら取ることができますが……。ごめんなさい…」

キリコは本当に深々と腰を折った。

「そんな、頭を上げて下さい。にわかには信じられないことですけど、これは私の問題です。心の問題です。今までずうっとそのことから逃げ続けてきた私の心の問題です」

何にも答えることができなかった。

——花火が終わったらしい。あー終わったという男の子の声がして、ドアがチリチリと開いた。男の子は少しだけ元気になっている。

父親はこっちに向き直って小さく目礼し、それから子どもに笑って言った。

「さあ、花火も見たし、タツノオトシゴ逃がして帰るか」

それを聞いた瞬間、男の子は猛ダッシュしてカウンターの上のケースを抱きかかえた。

三人の大人は呆然と立ち尽くした。ただ一人キリコだけは穏やかな笑みをたたえ、子どもの頭を撫でた。

「あのさあ、あそこに水槽あるでしょ? 赤いお魚のいる水槽。今度来るまで、このおじちゃんがあそこで預かってくれるよ。このおじちゃんさ、魚飼うの名人なんだよ」

いきなりだったので動揺しまくった。何を言い出すんだと、まじまじとキリコの顔を見つめた。多分、口も開きっ放しだったろう。

子どもは少しだけ潤（うる）んだ瞳を上げた。

「ホント? 生きてる?」

「生きてるよ。ね、マスター」

突然無茶振りされて、「えっ? ああ、そう、絶対生きてるから」と、モゴモゴ言ってしまった。どうなることかと子どもの方を見ていると、

「分かった。生きてるならガマンする……」

と意外に素直に応じたので心底ホッとした。ホッとしたのは父親と母親も同じらしい。

「いいんですか」

申し訳なさそうに父親が言う。

「何匹飼うのも同じですから」

言ったもののはたして上手に飼えるか自信がない。キリコがこんな突拍子もないことを言うとは思わなかった。本当にびっくりさせられる。こうなったら世話係は彼女だ。

男の子は一応納得したようだ。名残り惜しそうに、プラスチックケースのタツノオトシゴに「バイバイ」と手を振って店を出て行った。キリコはそれを見送っている。

父親は一人レジに残り、会計を済ませ、

「本当にありがとうございます。今年の盆は実家に行ってみます。まずはそこからです」

と二人に向かって最敬礼をしたのだった。

「よくなるといいですね」

キリコが笑って返すと、

「ありがとうございました。奥さん」

と、また深く頭を下げた。そして、

「死んだ弟もタツノオトシゴ、飼ってたことありました。三日で死んじゃいましたけど」

とニッコリ笑いドアを開けて店を出ていった。

店の中に静寂が戻る。キリコは知らん顔でテーブルを片付けている。

「さて、キリちゃん」

キリコはピクッと動きを止めた。

「ごめんなさい。ああ言うしかなくて」

ひょいと見ると彼女の瞳からポロンと涙がこぼれたのだ。これには驚いた。ちょっといじめてやろうと思った戦意が急速にしぼんでしまった。

「ええ？　泣いてんの？」

「ごめんなさい。私、世話します」

「うん、ああ、俺も勉強するで、いいよ……」

女の涙がこんな破壊力を持っていることに生まれて初めて気がついた。もう、しどろもどろになってしまった。

「あの人、奥さんて言ったよな。キリちゃんのこと。そんなふうに見えるのかな？」

キリコは潤んだ瞳のまま、慌てふためいて、

「それは、場合によりけりです」

と、これまた訳の分からぬことをつぶやくのだった——。

六、猫が鳴く

タツノオトシゴはちゃんと生きている。十日たったが死んじゃいない。なんせ強力な味方がついているからだ。

タツノオトシゴ事件の翌朝、良英に電話をかけて、昼休みに専門の飼育員を連れて来てもらったのだ。

「うわー、すごい。真っ白だ」

水槽を覗いた途端、野本奈々は声を上げた。ボーイッシュに刈り込んだ前髪を左右に払い、クリクリの目玉をアクリルガラスにくっつけんばかりに近づけ、白い龍の子どもを追いかける。

「アルビノですかね？」

尋ねると、彼女は水槽を覗き込んだまま、

「うーん、たぶん、そうかな」

と目を細めた。

「アルビノって何ですか？」

キリコの問いに、

「遺伝子の突然変異で体が白くなることです」

と、奈々はアクリルガラスから目を離してハキハキと答える。

「エサは何をあげたらいいの？」

アイスコーヒーをテーブルに置きながら言うと、あ、どうも、と頭を下げ、彼女は、

「冷凍エサを与える場合が多いですが、捕まえてきてすぐには食べないと思います。そんな時は小さな甲殻類を生で与えます。イサザアミとかヨコエビなんかです。三日分ぐらいくすねてきたので置いときます」

「おい、何てことするの」

良英が横から口を出したが、奈々はペロッと舌を出して屁とも思っていないという顔をしている。

「これ、生きてるの？」

キリコが物珍しげに、テーブルの上の小さなプラスチックケースに顔を近づける。

「いいえ。でも生エサです。ペットショップに予約しといたら取り寄せてくれます。これをスポイトで吸い上げて、目の前にピュッて出してやるんです。スポイトも置いときますね」

「それさあ、備品じゃねえの？」

良英が口をとんがらせる。

「ざあんねんでした。この前、家から持ってきたヤツでぇす」

奈々がケタケタ笑ったので、良英はむくれた。

「タツノオトシゴはなかなかタフな魚ですけど、エサやりが難しいんですよ。よく餓死しちゃうんです。それから、他の魚といっしょに飼わない方がいいですよ」

「ええ？ コレ、魚なの？」

キリコが目を丸くした。

「ちゃんとエラ呼吸してます」

よくよく見ると、首のつけ根の所に小さなエラがあり、それが細かく動いている。

「ホントだ」

キリコはますます目をまん丸くした。

「これ、メスですね。一匹じゃ寂しいから、オスを一匹持ってきます」

良英がパッと顔を上げて、

「水族館の水槽からか？」

と睨んだ。すると、また奈々はケタケタ笑い、

「家からでーす。ウチでも飼ってるんですけど増えすぎちゃって」

とおどけた。良英はあきれて両手を広げた。

「家でも飼育員、職場でも飼育員!!」

キリコが大げさに驚いてみせた。

「好きなんです」

奈々は翳りなく笑うのだった——。

帰りしな、良英は、

「子ども、生まれたら見せにきますね」

と笑って言った。その耳元に口を近づけて、

「美奈ちゃんとはどうなったんや?」

と低く囁いた。良英はボソボソ言った。

「五日の火曜日に会ったけど、その時、彼女が、もう別れてあげるよって言ったんです。ちょっとびっくりした。何か彼女、スッキリした顔してた。それからは会ってません。メールも来ないし……」

日田さん、早くしてよ、昼休み終わっちゃうよ、とドアの所で奈々が手招きしている。

ハイハイ、と良英は答え、「じゃあ」と右手を上げて店を出ていった。

ハアアーと長い息を吐き良英を見送る。キリコがお盆を持ってきて、二番テーブルを片付け始めた。その姿を何げなく見ていた。

「ペンギン、まだ肩の所についていましたよ」

キリコは顔も上げずに言う。

「やっぱりなあ……」

するといきなりパッとこっちを見た彼女は、

「でも、色が薄くなってた」

と真顔で言うのだ。

「薄い？　色が？　どういうこと？」

「消えかけているのかな？　炎が」

よっこらしょっと、キリコが盆を抱えて立ち上がる。

「そのうち消えるの？」

彼女を目で追い、訊いた。

「さあ……。場合によりけりです」

すっとぼけたみたいに言い、彼女はせっせと洗剤を泡立て、グラスを洗っているのだった。

次の日、ジャスコで中型のアクリル水槽を買ってきて、前からある水槽の横に据えた。汚れ防止用のプロテインスキマーも付け、タツノオトシゴが尻尾でつかまれるように、海草の形をした止まり木も入れた。無論、生エサも予約した。その翌日に、奈々が自宅から黒いオスのタツノオトシゴを持ってきてくれたので、白いのといっしょの水槽に入れた。

「わあー、結婚したの？ 夫婦だ」

キリコは変なはしゃぎ方をした。

「夫婦は寄り添ってみなきゃ、うまくいくかどうか分かんないよ」

「そうですねえ、そうですよねえ」

彼女は妙にすなおに納得し、水槽に顔を近づけるのだった——。

七月も終わりに近いある日の夕方、文福和尚が久し振りにやってきた。なんと両手で白い子猫を抱いている。

「猫？ どこで拾ったの？ 動物持ち込み禁止」

「まあそう言わんで。段ボールか何かあらへんか？ こいつ入れとくで」

かなわんなァと言いながらキャベツの入っていた箱を渡す。和尚がひょいと猫を箱に入れると、猫はミャー、ミャーと鳴いた。

「キリコさんは？ どこ行ったな」

「駅前のスーパーに買い出しに行った」

「車でか?」

「歩いて」

「あのこ、車、乗れやせんの」

「さあ……。免許はあるって言っとったけど」

「おみゃあはいっしょに働いとるくせに何も知らんのか。もともとどういう人間なんな?」

さあ……と首をかしげると、和尚はハァーと長大なため息をついた。

しかし、彼女について本当に何も知らないなと思う。特殊な能力があることと、決して悪い人間でないこと以外は……。そして、なぜか知りたいと思う欲求がまるでないのだ。不思議なほど……。確かに初めて会った時の、あの冷たい驚くほどの熱のなさと、今のすなおな明るさにはギャップがありすぎる。まあ、何を言い出すか分からない大胆さと唐突さは最初から変わらないが……。いきなり初対面で働かせてくれと言われた時は、気持ちが一歩二歩ではなく、十歩ぐらいあとじさりしてしまった。考えれば考えるほど彼女は変わっている。あの黒縁眼鏡だってそうだ。まるで自分の女らしさをわざと隠蔽しているようにも思える。眼鏡をはずし、おしゃれをした時の彼女は人並み以上に美しいのに。

そこまで考えた時、勝手口のドアが開いた。

「意外と店が混んでて遅くなりました」

キリコが汗だくになりながら、ドサリとスーパーのレジ袋を調理場に置いた。玉ネギとキャベツ、そして豚肉でいっぱいだ。

「ごくろうさんやな」

和尚が声をかけた。アレッという表情で彼女は顔を上げる。

「いらっしゃい。もうどこも痛くないですか」

おかげさんでな、と和尚が笑った時、テーブルの下で小猫が、ミャウオーと鳴いた。和尚は、猫をひょいと抱き上げ、

「散歩しとったらな、船着き場のゴミ箱の横に捨てられて鳴いとったんや。愛嬌のある顔しとったでつい拾ろてしもた」

「何匹飼うつもりなん？ 寺は猫だらけや」

そう突っ込むと、

「まだ六匹や。こいつ合わせて」

と、子猫の頭を撫でている。

「エサ代だけでも馬鹿にならん。奥さん怒ってませんか？」

「あいつも猫好きだでな。問題なしだわ」

いい気なもんだと思いながら、ふとキリコの方を見た。キリコの顔は真っ青で、頬がこわばっている。瞬きもせず、視線は小猫に集中している。まるで凍りついたみたいに……。明らかに様子がおかしい。

「キリちゃん、どしたの？」

声をかけたら、ハッと正気に戻ったが、

「猫、拾ったんですか。そう、猫。あの、私、スーパーに忘れ物しました」

と落ちつきなく言ったかと思ったら、あたふたと勝手口から再び外に飛び出してしまった。

二人、ボケッとその姿を見送り、顔を見合わせた。

「どしたんな？ えりゃあ慌てとった。財布でも忘れたかや」

それこそ首をひねるばかりで、さあ、と言うほかなかった。

——キリコはそれから三十分ぐらい帰ってこなかった。心配になって電話すると、

「あの、和尚さん、帰りましたか」

と小声で訊く。

「帰ったけど」

そう言葉を返すと、

「ごめんなさい。今から帰ります」

と言って電話は切れた。

五分ほどで彼女は帰ってきた。

「どこ行ってたの？」

「――定期船乗り場の待ち合い室……」

頭の中に疑問符がともる。

「スーパーに忘れ物したんやないの？」

彼女は口をつぐんでうなだれた。それきりひとこともしゃべらない。ただ突っ立ったまま黙りこくっている。そしてそのうち肩が震え出し、それが刻々と激しくなった。

「キリちゃん？どうしたの？」

彼女はいきなり顔を上げた。瞳は涙でいっぱいだった。あまりのことに息を呑んだ。

「ごめんなさい。私、私、猫、ダメなんです。どうしてもダメなんです」

みるみる涙があふれる。それはボタボタと床に黒いシミを次々と作った。

「どうしたの？何があったの？キリちゃん？何で泣くのさ？」

何が何だか分からず、彼女の背中に手を置いて必死でなだめた。それでも彼女は、ただ、

「ごめんなさい、ごめんなさい」

と肩を震わせて泣くばかりだった。

——結局その日の夜、彼女は仕事を休んだ。

次の日、キリコは三十九度の熱を出して寝込んでしまった。朝、起きてこないのでハナレに見に行った。玄関に鍵が掛かっていない。部屋に入るのは気が引けたが昨日の今日だ。

恐る恐るハナレに上がり、

「キリちゃん、上がるよ」

と奥に向かって声をかける。——返事がない。ものすごく不安になった。心拍が上がっているのが分かる。

「開けるよ」

襖（ふすま）を開けて驚いた。キリコがエプロン姿のまま畳の上に「く」の字になって横たわっていたからだ。この暑さの中でクーラーもつけていない。息がひどく荒かった。顔は青白く大粒の汗でいっぱいだ。

「キリちゃん‼」

叫んで抱き起こして額に手を当てた。異様なほど火照っている。

「キリちゃん！」

もう一度問いかけると、彼女はトロンと目を開けた。窓から遅い朝陽が差し込んですごく暑い。すぐにクーラーを入れた。

「ごめんなさい…。私…ネコ、だめ……」

唇が動き、切れ切れの言葉が胸を刺した。

「そんなことどうでもいい。いつから熱あるの？　昨日の晩からか？」

「分からない…。覚えが…ない」

水、ください、と彼女は弱々しく言った。すぐに台所に飛んでいって、冷蔵庫からミネラルウォーターを持ってきて飲ませた。多分彼女は脱水症状を起こしかけている。

「病院行くぞ。今すぐや」

すると意外なほどの力強さで腕を掴まれた。キリコは小さく首を振った。

「私の…バッグの中…、病院でもらった解熱剤…あるの。それ飲んだら…治ります」

「アホか。脱水症状起こしてるんだぞ」

彼女はゆるく笑った。汗まみれの顔で……。

「大丈夫…。時々、こんなになる…。いろんな物を取った…反動…。薬、ください…」

部屋の隅に投げ出されていた緑色のバッグの中を慌ててゴソゴソやり、薬を探した。

「財布の…中…」

赤い財布を出し、横のポケットから白い錠剤を取り出す。その時、不意に運転免許証が目に入った。宮里桐子　平成七年八月十五日生まれ、はっきりとそう書かれていた、高橋ではないのかと瞬間的に思ったがそれどころではない。急いで薬を口にふくませ、水を飲ませて流し込む。キリコは二、三度激しくムセた。

キリコを寝かせてから体温を計ったら三十九度三分もあった。保冷剤をタオルで包んで額に当て、両脇を濡れタオルで冷やした。

「これで熱下がらんかったら医者行くぞ。何かあったら電話して。一時間したらまた見に来るで」

意識が次第に戻ってきたらしく、彼女はしっかりうなずいた。少しだけど気分が落ちついたので、襖を閉めてハナレをあとにした。石段の横の木でセミがやかましく鳴いている。今年一番の暑い日だった。

——キリコの熱は除々に下がり、昼には三十七度三分になった。

店を閉めて、遅い夕食をハナレに持って行く時分には彼女の熱は平熱になっていた。

夕食のソーメンを食べさせたあと、ハナレの流しで洗いものをしていたら、キリコが起きてきて、手伝いますと言う。冗談でしょと軽くあしらい無理矢理寝かしつけた。

洗いものが終わったので帰ろうとすると、

「お願いですから、もう少しいて下さい」

とキリコは静かな口調で訴えた。アップにした髪は昨日のままで、乱れがちに見えた。

「高橋じゃなかったんや」

言葉が何も出てこなくて、仕方なく免許証の名前のことを訊いた。キリコは布団の上に半身を起こし、「免許、見たの？」と言う。

「高橋は、私の育ての親の苗字」

「育ての親？」

「はい。私の本当の母親は病気で私を育てることができず、私を施設に預けたんです。でも私が三つの時に亡くなりました。父親は行方不明です。小学校三年の時に高橋さんという方が私を引き取り育ててくれました。鉄工所の社長さんで、すごく穏やかな優しい人だった。その社長さんも、私が十三の時に亡くなり、奥さんは女手ひとつで私を育ててくれたんです。だけど、あろうことか、私が十七の時、奥さんも白血病で亡くなってしまいました……。それから私は苗字を生みの母の宮里に戻したんです」

息をすることも忘れてしまった。キリコの瞳から視線を反らすことができない。

「私はその奥さん、高橋由起恵さんを本当の母親だと今でも思っています。短い間だったけど忘れることができません。彼女は子どもがなかったんです。自分の子として私を育ててくれました。高校を卒業して、名古屋の出版社に勤めました。そして、二十二の時、同じ会社の編集者の人と結婚したんです。やっと落ちつくべき場所が見つかって幸せでした。子どももできました。男の子でした……」

キリコは宙に視線をさまよわせる。でした、という過去形にとんでもない悲しみの予兆を感じた。それ以上は聞きたくなかった——。

「子どもが二歳になる少し前、夫が…猫を拾ってきたんです。小さな小さな子猫でした。子どもは喜び、毎日猫と遊んでいました。それがある日、猫が家からいなくなってしまったんです。窓の閉め忘れが原因でした。気づいたら子どももいませんでした」

「どこに…居たの？」

「すぐ近くの踏み切りの上です……。子猫はそこで鳴いてた。遮断機の降りた踏み切りの上で……。何も考えずに子どもは遮断機をくぐり、子猫といっしょに電車にはねられました——」

そこまで話してしまうと、キリコは突然無表情になった。瞳は乾いている。

「私はその時、人の心を失いました。猫を拾ってきた夫を責め続けました。今考えれば全く筋違いもはなはだしいことです。夫はずうっと悲しい目をしていました。筋違いだと分かっていてもひとことも文句を言わない。それを私は責めて責め続けたんです。こんなの人間じゃないですよね。薬にも手を出しました。そして、体は少しずつ壊れていきました。結局、夫とは別れました――」

キリコの歩いてきた壮絶な道のりに息を呑み、ただ彼女を見つめていることしかできなかった。

「その頃からです。いろんなものが見えるようになったのは――」

前の道を救急車が駆け抜けてゆく。キリコはビクッと身をよじり音のする方を見た。ゆっくりとその動きを追い、同じように首をめぐらせて窓の外を見る。ガラスに映った白い蛍光灯の光の向こうに、真っ暗な海があった。海は空から降りてくる静寂におし包まれ、けじめのない闇をどこまでも漂わせている。

「それから先はここに初めて来た時お話しした通りです。人の心をなくした私は、自分の悲しみを忘れようとして自分だけの世界に閉じこもりました。そのあげくに人の痛みばかりが見えるようになってしまったんです。自分の心を癒すために人の不幸を見るようになったんです。私はまともな人間とは言えません。私の心はずっと真っ黒でした……。ここに来るまでは……」

その言葉がありとあらゆる蔑みを――自分自身に対する蔑みをこめたものだということが辛いほど伝わってくる。だが、彼女の人間としてのあり方を否定する言葉はひとかけらも思い浮かばない。そして、慰めの言葉もひとつとして存在しなかった。悲愴と昂揚が果てしなく絡まり合い、胸からはみ出しそうだ。

「だから、誰かから優しい言葉をかけられることを恐れました。自分の醜さを見破られそうで……。それで職を転々としました。黒縁の眼鏡を掛けているのもそのせいです。自分を隠すためです。——でも…あなたの前ではそれができそうもなかった。私のこと、何ひとつ聞かずに受け入れてくれたから——。だから何かひとつでもあなたに返したくて……」

キリコはじっとこっちを見すえたきり、ぎゅっと口を結んでいる。

「キリちゃんが生きててよかった」

そうっと右手で髪をなでた。キリコは身じろぎもしなかった。少しだけ鼻をすすり、聞き取れるか聞き取れないような声で、

「ありがとう——隠していてごめんなさい」

とささやいたのだった——。

七、踏切の上の空

次の日から、キリコは眼鏡を掛けなくなった。美容院に行って髪も切った。ショートボ

ブがよく似合っている。店によく来る漁師の貴将が、首をひねりながら、

「マスター、あれ誰？」

とキリコを指して訊く。思わず吹き出してしまった。

「分からんのか？ このマヌケ!!」

言ってやったら、奴は「へっ？」と言って首を突き出してキリコをじいっと見た。

「もしかして、キリコさん！」

「もしかせんでもな」

「うっそっだあぁ！」

貴将は本当にびっくりした顔になっている。

「ええー。何それ？ 何この変わりよう？」

キリコは知らん顔でテーブルにアイスコーヒーを置き、

「オバハンです」

と、ニッと笑う。

「マスター、何したの？ まさか!!」

「さあなあ、何したんやろな」

こっちもニッと笑ってやったら、

「ヒエエー」

と大げさに両手を広げるのだった。

この頃キリコは昼の休みに出かけることが多い。どこに行っているのかは知らない。本人は「散歩してきます」と言って店を出ていく。「この暑いのに」と言ったら、「地域探索」と笑っている。だからそれ以上は聞かない。多分それだけではないことは確かだが。

八月の第一週のある日、文福和尚がやってきた。和尚はズルズルと音をたててトマトジュースを飲みながら、タツノオトシゴの水槽を眺めている。

「オスとメスで尻尾を絡めて踊っとる。まぐわっとんの？」

「下品な言い方せんといて。求愛しとるんや」

「キューアイ？　同じや(おんな)がね。求愛いうたら、タカシ、おみゃあ、キリコさんに何した？」

貴将と同じことを言うなと思った。

「何って？　なんや」

「あのこ、急にでえりゃあベッピンになった。おみゃあ、怪しい」

「何もせんよ。いっしょに仕事しとるだけや」

和尚は訝(いぶか)しむ顔つきになったが、すぐに、

「あのこ、何でいつもうちの寺の前の踏み切りに立っとんの？」

と訊く。

「踏み切り？」

思わず聞き返したが、ハッと思い当たった。

「ずうっと遮断機の前に立っとる。何か思いつめとるみたいやったで、飛び込むんとちがうんかと思って、何しとんの、と声かけたらニコッと笑って頭下げよる。ほんで五分ぐらいしたら帰ってくんや。そんで、次の日も次の日も同じことしよる。何本も電車が通るの見とる。あのこ、電車オタクか？」

それはないだろうと笑い、同時にそうかと思った。彼女は多分、踏み切りが渡れないのだ。そして、猫にもさわれない。だから……。

「おい、タカシ、何か言え」

言われて我に返った。

「ああ、キリちゃんな、特急しまかぜが見たいんやて」

和尚は思いっきりヘンな顔をしたが、それ以上は訊かなかった。

キリコはちょうど郵便局に行っていなかった。そろそろ帰ってくる頃だ。

「待っとってもしょうがないで、もう帰るわ」

と和尚が腰を上げた時、キリコが帰ってきた。

「おお、キリコさん。きれいになったって言うとったとこや」

キリコは汗を拭きながら口だけで笑い、

「そうなの？ 前からキレイですけど」

と和尚に向き直っておどけてみせた。

「こらまた言うようになったがね。タカシ、おみゃあの教育が悪い。あー、回数券、一枚切っといて」

「トマトジュースの回数券はないぞ」

「こっちの方が安いやろ。カタいこと言うな」

そう言うと、ひょいと右手を挙げて出ていった。ドアの外から「あっつー」という叫び声が聞こえる。

流しの所で赤いエプロンをつけているキリコに向かって言った。

「和尚さんに聞いた。キリちゃん、今、無理する必要はないと思うけど」

彼女はすっと顔を上げた。

「知ってたの？」

「うん、今、聞いた」

「でも私、電車にも乗れないし、踏切も渡れない。猫も…さわれない…だから、私……」

「月曜日、電車、乗りに行こうか?」

「電車……」

「伊勢のペットショップにエアーポンプ買いに行こう」

キリコの顔色をそっとうかがう。頬がかすかにこわばっている。

「私…できるかな」

「俺が隣についてる」

キリコの瞳に光が宿るのが見えた。そして小さな声で「うん」とうなずくのだった。

——結果から先に言うと、キリコは何とか電車に乗ることができた。ただし、行きはものすごく緊張して、窓の外を見る余裕すらなかった。彼女は座席に座ったままうつ向き、きつく目をつぶっている。見かねてその手を強く握って耳元でささやく。

「キリちゃん、目、開けろ。外、見ろ。見なきゃダメだ。キリちゃん!」

キリコはきつく閉じていた目を少しずつ開いた。手を握り返す力はどんどんと強くなる。その時、この人の傷の深さをはっきりと皮膚で感じた。人は他人の心の痛みを本当に知る時、体でしかそれを感じることができないのだと知った。

キリコの体はガチガチにこわばっている。

「キリちゃん、稲沢からここまでどうやって来たの?」

「バスを…乗り継いで…来ました」

「すごいな。何かの番組みたい」

「途中、あちこちで働いてましたから…」

「そうか、そうやったな。――キリちゃん、手、痛いよ。ジェットコースターじゃないんだからさ」

気づいて彼女は手を放し、赤くなった。

「ごめんなさい」

「遊園地でデートしてるみたいや」

キリコはやっと体の力を緩めた。そしてしっかりと窓の外の風景を見、

「私にとってはジェットコースターです」

と、泣き笑いの表情になった。

「ジェットコースターは乗れるの？」

「平気です」

前の席の女子高校生がポカンとして二人を見ている。ニカッと笑ってピースサインを出したら、その女子高生も白い歯を見せてピースサインを返してくるのだった――。

店に帰ってから、買ってきたポンプに「八月八日　桐子」とマジックで書き、タツノオ

トシゴの水槽に新しく据えた。書きながら、ふと、免許証に書いてあった彼女の誕生日の日付けが頭に浮かんだ。

「キリちゃん、送り火、見たことある？」

「送り火？」

「お盆に帰って来たご先祖様を送り返すために焚く火」

「ないです。一回も」

「ここらへんは十五日の夜に焚くんや。この大通りの方はあんまり焚かへんけど、お寺の前の家は一斉に焚く。見に行く？ きれいやよ」

「見たい。でも店は？」

「十五日は月曜。定休日。遊びに行く？」

「どこに連れてってくれるの？」

「うーん、水族館かなあ」

「また？ ペンギンですか」

「今度はオットセイ」

「好きですね、水族館」

「何回行ってもタダやから」

そう言うとキリコはおかしそうに笑うのだった。

お盆の間中とても忙しかった。観光客がひっきりなしにやってきたからだ。なかには、どこで聞いたのかキリコの特殊な能力を知って、物珍しさにやってくる客もいた。キリコは嫌な顔ひとつせず、憑いている何かを取り、段ボールの箱に入れていった。

「キリちゃん、箱、いっぱいにならないの？」

「大丈夫です。空間がゆがんでますから」

「ブラックホール？ 四次元ポケットみたい」

「でも入れすぎると床が抜けるかも」

「うっそお。ホント？」

「冗談です。でも、どうなんだろな」

キリコは笑ったけれど、少し疲れた顔を見せた。——忙しいのは十四日の夕方まで続いた。

十五日は朝から店の掃除をし、昼前に水族館に行った。まず、レストランでパエリアを食べてからアシカのショーを見た。

「おなかふくれたからヘンなものは見えへんやろ。落ちついて回れるやろ」

熱を出して倒れた日以来、キリコは、人に憑いてる何かを取り去るごとに美しくなっていた。しかしその反面、疲れを見せることも多くなっている。だから、十五日から十七日まで店を休みにした。

「本当を言うと、この頃見える回数が減りました。ぼんやりとしか見えないことも多いし」

シフォンスカートの裾をひらひらさせながらキリコは通路の窓際を歩く。大きな丸窓の向こうの海が目もくらむほど眩しく光り、真珠島との水道を観光船が横切るたびに、ギラギラが拡散される。キリコはふと足を止めた。

「こわいんです、私……。幸せな日を過ごせば過ごすほど、いつかとんでもない不幸が天から落ちてくるような気がして……。それを思うと、どんな眩しい朝でも、何だか急に黄昏ていくような気になるの」

キリコは窓枠に手をついたまま海を見ている。

「捨てればいい。そんなもの」

えっ、と言って、彼女は小さく振り向く。

「捨てちゃいな。今すぐに」

「どうやって?」

「それはキリちゃんが考えなよ。幸せや不幸せなんて人が勝手に決めるだけやろ。不幸せがあるから幸せもある。どっちも精一杯受けとめて生きたらええやん。黄昏も暁もおんなじや。地球がぐるぐる回っとるだけや」

キリコはプフッと小さく吹きだし、

「すごい発想。おもしろすぎるよ。でも、何かホッとします」

と笑い、再び歩き出した。あー、しまった、適当なこと言っちまったと内心反省しながら歩いていると、「あれ、マスター、タツノオトシゴ元気ですか」とうしろから声をかけられた。野本奈々が笑って立っていた。

「元気やよ。二匹で毎日ダンスしてる」

「そうですか。あと半月ぐらいしたら、子ども産みますよ」

「子ども？　卵じゃないの？」

「子どもです。メスがオスの育児嚢に卵を産みつけて、そこで卵がかえります。それからしばらくするとオスが子どもを産むんです」

いかにも楽しいといわんばかりに奈々は説明した。しかし、オスが子どもを産むとは！

「オスが産むの？」

キリコが素頓狂な声をあげた。

「ええ、子どもを守るためです。それはそうとマスターも求愛のダンスですか、キリコさんと？」

　奈々は意地悪くニヤける。ちょっとあたふたしてしまった。

「俺とキリちゃんでは釣り合わへんだろ」

　すると奈々はニカッと破顔して言った。

「すっごいお似合いですけど。すでに夫婦ってカンジ。キリコさんセンスいい。お洒落」

　キリコは決まり悪そうにうつ向いている。

「あ、それから日田さん子ども生まれたって言ってました。じゃ、仕事があるので」

　ペコリとお辞儀をして、言いたいことだけ言うと、奈々は行ってしまった。まったくよくしゃべる娘やとぶつくさ言っていると、キリコはクスクス笑って、「若いんだからいいんじゃないですか、楽しそうで」と言う。

「どうせ俺は年寄りですわ」

　ふてくされて言ったら、キリコはまたクスクス笑うのだった。

　その日の夕方、店で軽く夕飯を食べ、二人でワインを少し飲んだ。食事はしょっちゅういっしょに食べていたが酒を飲むのは初めてだった。それから禅福寺に出かけた。七時頃から寺の中にある広場で盆踊りがあるのだ。ここの盆踊りはＣＤなどいっさいかけず、地元に伝わる盆踊り歌を若い衆が交替で歌い継いでゆく。歌詞は三十八番まであるから覚えるのが大変だ。若い頃は結構覚えていたが今では半分も思い出せない。ちょうど踏み切りの前まで来たところで歌が聞こえてきた。太鼓の音は遠くからでも聞こえるが、歌はマイクを使わないので近くまで行かないと聞こえない。

キリコはちらりと踏み切りの方を見たが、すぐに視線を戻し、

「ちょっと恥ずかしい」

と小声で言う。なんで、と訊くと、「私、よそ者だし、マスターといっしょだし……」とぼわぼわつぶやく。

「じゃ、一人で行く？ 帰る？」

「どっちも嫌だ」

「キリちゃんはよそ者じゃないよ。みんな知ってる。キリちゃんにいっぱい世話になってる。いろんなもの、取ってもらってる」

「そうかなあ……」

彼女は団扇(うちわ)でパタパタと顔を扇いだ。

寺に着くなり、マスターやるやん、と若い衆にいきなりひやかされ、コップ酒を二杯飲まされた。キリコさんも、と貴将が紙コップを突き出す。どうするんだろと気を揉んで見ていたら、キリコはそれを一息で飲んでしまったのだ。おおおーと歓声が上がり、すかさ

ず二杯目が差し出される。すると彼女はそれも平然と飲み干してしまった。目が点になる。

「キリちゃん、ひょっとしてザル？」

「四杯飲んだら倒れると思います」

シレッと言い放ち、「あれ食べたい」と、青年団が出している屋台を指さす。

「ワタアメやん」

「由起恵お母さんによく買ってもらった」

何だか急に胸が痛んだ。でもそんなことは顔に出さず、ワタアメを二つ買う。サービスしてくれたので特大だ。寺の縁側に腰掛け、踊りを見ながらちびちび食べた。

「キリちゃん、酔わないの？俺はもう大分怪しいけど」

「もうすぐ酔います。まだ大丈夫ですけど」

ケラケラ笑って彼女は言うのだった。

八時になると、十分間だけ花火が上がった。港の台船から打ち上げるので山に邪魔されて半分しか見えない。ちょっとイラつく。

「よう見えん。山削ってまえ」

野太い声に振り返ったら、和尚が子猫を抱いて立っていた。ああまずいぞと思って見ていると、和尚は、よっこらしょ、とキリコの横に座るのだった。サァッと背中に緊張が走る。

――キリコはわずかの間身を硬くした。でも、逃げなかった。動けないのだろうか？

「タカシぃ、おみゃあ、スミに置けへんなあ」

からかわれたが、それどころではない。キリコがどういう反応を示すのか気が気でなかった。ゴクリと生唾を飲み下し、キリコの横顔を凝視した。ところが……。

キリコは本当にゆっくりと和尚の方に向き直り、静かに、落ち着いた声で言った。

「猫…抱かせて下さい」

息が止まるかと思った。まじまじとキリコの瞳を見つめる。「ああ、ええよ」と何も知らない和尚は、ひょいとキリコの手に子猫を乗せた。猫は拾ってきた時よりも少し大きくなっている。心拍がやたらと早くなった――。

キリコは、一瞬、ビクッと肩を震わせたが大切な物を労(いたわ)るように、そうっと子猫を胸に抱いたのだ！　とてもゆっくりした動作で……。

――キリコはしばらく動かなかった。十数秒そうしていたが、突然、肩を小刻みに震わせ、大粒の涙をこぼして泣き始めたのだった。

猫がキリコを見上げ、ミァオウと一声鳴いた。彼女は途端にぎゅっと猫を抱きしめた。

また猫が小さく鳴いた。時間が一瞬止まった。

「――ごめんね…ごめんね……」

誰に言ったのだろう。それは分からなかった。でもその声は確かにとても優しかった。ごめんね、ごめんね、彼女は何度も何度も繰り返した。猫の白いフカフカの背中の毛が、涙の分だけ、小さく、まあるく濡れていた。

キリちゃん、どしたん、と慌てふためいて、和尚はキリコの顔を覗き込んだ。それでも彼女は泣き続けた。

和尚は訳が分からず、ポカンと口を開けてキリコの顔を呆然と見守るだけだった。

最後の花火がポーンと上がり、キリコの横顔を薄淡く染めた。その頬は透き通るほど青かった。刹那のきらめきを発して、花火が夜の空に吸い込まれると、彼女の頬の色はもう分からなかった。けれど、さっきの一瞬の青さに、背をつらぬかれるような寂しさを感じた。そしてその時、彼女は一人っきりだった。

——盆踊りは十一時に終わる。キリコの腕の中で子猫は眠ってしまい、彼女は猫を抱いたままずうっと縁側に座り、見るともなく踊りの輪を眺めていた。和尚の奥さんがスイカを出してくれたが、その時は猫を膝の上に乗せて食べた。種をプップッと飛ばして——。

十一時前に、彼女はちょっとだけ踊った。いっしょに踊っていると、やんやの喝采を受けスマホで写真を撮られた。

キリコは踊りをすぐ覚えた。なかなか上手に踊る。動きがしなやかだ。

「小さい頃、施設の人に郡上踊りに何回も連れていってもらったから」

三杯目を飲まされ、赤ら顔で彼女は答えるのだった。

十一時を過ぎると辺りは一気に静かになる。あちこちの家から人が出てきて、玄関先の通りで火を焚く準備を始める。暗がりの中で、ボソボソ話し声が聞こえ、かすかに人の気配を感じる。百メートルぐらい向こうにポッと火がともった。それを合図にするように、道の両側に次々と赤い火が揺れ始める。山の竹藪に遮られて月の光は届かない。風は吹いていない。三十近い火が、ゆらりゆらりと闇の中に立ち上がり、火勢を増した。酔いのせいもあるのか見ているうちに頭がボーッとし、果てしなく遠い日月（じつげつ）がそこに眠っているような気がした。ゆらめいているのに一枚の写真のようだ。現実か夢か何だかよく分からない。

火は踏み切りの所で終わっている。だが、その先の暗さのせいで、まるで海まで続いているように思える。湾口の広場に立つ水銀灯がポツンと寂しげに見えた。船の灯はひとつもなかった。炎は道標（みちしるべ）のようだ。

最終の下り列車がトンネルを抜け、踏み切りを通り過ぎてゆく音が聞こえる。

「歩きませんか」

ポツリとキリコが言った。境内から出て山門をくぐり、二人、ゆっくりと並んで歩いた。

先につけられた火がだんだん小さくなる。やがて闇に滲むように、二つ消え、四つ消え、しばらくすると半分ぐらいの火が暗がりに溶けていった。一本の糸のような寂しさが胸の内に広がる。静かすぎてこわいぐらいだ。

「キリちゃん、誕生日、おめでとう」

キリコが驚いて振り向き、穏やかに笑った。

「ありがとう。生きてきた中で一番美しかった……」

踏み切りまで来た時、火はみんな消えていた。「消えたね」と言ったら、彼女はただ黙ってうなずく。——竹林が切れ、月の光がだしぬけに降り注いできた。立ち待ちの月が東の高みで煌々と輝いている。一面、青だ。

——キリコは踏み切りの前で立ち止まった。鈍く光る線路をじっと見つめたままで……。

「誕生日プレゼント、胸に染みました……」

彼女はそうささやくと、ためらいがちに前に一歩踏み出した。そうして、心を決めるように大きく息を吸い込み、歩みを進めた。黒々とした影が、くっきりと線路の上を滑ってゆく。数秒後、向こう側に辿り着いた彼女は、鮮やかにクルリと振り向き、背筋をまっすぐに伸ばして、両手を高々と空に向かって突き出したのだ。かすかな南風にキリコの前髪がほんの少し流れた。彼女の白い指の先には、青く透き通った天のお月様が光っている

――。

八、ペンギン空を飛ぶ（終章）

慌ただしい夏は足早に過ぎてゆく。九月の声を聞く頃、タツノオトシゴが子どもを産んだ。朝、店の水槽を覗いたら、黒いオスの下に五、六十匹のミニタツノオトシゴがモアモアと固まっていたのだ。

「キリちゃん、見てみな。子ども生まれてる」

子ども？と声を上げてキリコが隣に走ってきて、すぐ横で水槽に顔を近づけた。

「おんなじ形!!」

キリコが妙な感動の仕方をする。出産なんだから当たり前だと思ったが、それにしても彼女は無防備に顔を近づけすぎる。おくれ毛が頬に触れている。気恥ずかしくなって水槽から顔を離した。彼女は水槽を見たまま、

「エサはどうするんですか？」

と問う。

「自然界と違って水槽で生まれたんやから、最初から冷凍エサでええよ」

「そっちの方が楽ですねえ」

「じゃ、キリちゃんエサやり係」

そういうことで、やっとエサ当番からのがれられるはこびとなった。

彼女は毎朝スポイトで喜々としてエサを与えた。それでも、日に何匹も死んでいく。多い時には十匹も死んだ。そのたびにキリコは辛そうな顔をしたが、それでも毎日せっせと世話をし、最終的に八匹が生き残った。

「これだけになっちゃった」

ちょっと悲しげにキリコが言う。

「八は縁起ものの数字や。自然界では三パーセントしか大人になれへん。上等でしょ」

「厳しいですね」

「エサやり過ぎるとあかんよ。野生の生き物は飢えには強いけど食べ過ぎには弱い」

へえ、と目を丸くして彼女はこっちを見た。何だか彼女は若返って少女のようだ。店に初めてやって来た時の影はカケラもない。

「私、昨日ヘンな夢、見ました」

テーブルを拭いていたキリコは唐突に振り向いて言った。

「夏にペンギンの水槽の前で紐ほどいたでしょ。あの紐がまた天から降って来たの」

「天から？」

「そう。そしたらペンギンが笑いながら空に飛んでった。アッハッハーって」

「まさに。変な夢やな」

「何の予知夢かな？」

「予知夢？ キリちゃんの夢、当たるの？」

「さあ……」

キリコは首をひねる。――実は今週の秋の彼岸に、良英が奥さんといっしょに子どもを見せにくることになっていた。そして、こともあろうに美奈にもそれを知らせたというのだ。「アホちゃうか！」と言ったら、「美奈があなたの奥さんと子どもを見てみたいと言うので」と答えたのだ。美奈は、アカの他人のフリしますから、と言ったらしい。

どこまでバカなのかと思ったが、良英は何か秘するものがあるらしく、

「これで断ち切れなかったら俺はホンマのアホですわ」

と遠い目をして言った。ちなみに今は美奈にずっと会ってないとも言っていた。

キリコにはそれらのことはひとことも話してない。しかし、人並はずれた能力を持つ彼女のことだ。見えない何かを察したのかもしれない。それにしても変わった夢だ。天から

降りてくる紐？　飛んでくペンギン？　考えれば考えるほど分からなくなった。

秋分の日が近づいてくるにつれてだんだん不安になってきた。人のこととはいえ、何ごとも起こらなければいいがと気をもんだ。秋分の日が醜聞の日になるのは御免こうむる。

――その日は朝から雨降りだった。昼前にはあがる予報だったが二時を過ぎても、まだシトシトと雨粒が大通りのスズカケの葉を濡らしている。車のタイヤが湿った路面をこする音が店の中まで聞こえてくる。

良英が来るのは三時半の予定だ。キリコには事前に話を伝えてあるので、彼女は時計ばかり見上げて何だかソワソワしている。

「キリちゃん、落ち着きなよ」

「緊張する。何かコワイよ、マスター」

「当事者は良英なんやから。キリちゃんが緊張してどうすんの」

「そうですよねえ」

キリコがフウーッと大きく息を吐いた時、ドアが開いて女性客が入って来た。キリコの頬がピッとこわばる。

美奈だった。なぜか黒の礼服姿だ。彼女はかすかに口端で笑い、小さく頭を下げた。

「アイスティーを」

入り口に一番近いテーブルに座り、彼女は静かに言った。髪をゆるいアップにしており、前よりはるかに落ちついた雰囲気だ。

「葬式でもあったの？」

その問いに、彼女は外に向けていた視線をこっちに向けた。

「伯母が亡くなって……。それに今日は私自身のお葬式ですから」

それを聞いてドキリとする。キリコが心配そうな瞳を向けてくる。

美奈は前よりいくぶん痩せて見えたが、顔色は存外明るく、憂いは感じられなかった。

「あの人が、美奈さん？」

小声でキリコが訊く。そう、とうなずくと、

「青いシルクの紐が肩から出て光ってる」

とささやく。そう言われても何も見えないけど、やっぱりちょっと緊張してしまう。

「マスター、結婚したの？」

突然の美奈の問いにいささかとまどう。

「なんで？」

「その女の人、どなた？」

「ああ、この人はアルバイト。六月から」

ふうん、そうなんだと、美奈は興味ありげにキリコに視線を送る。ペコリとキリコはお辞儀をした。

——良英は三時半きっかりにやって来た。こんにちは、と勢いよくドアを開けたが、美奈の姿が目に入った途端、短い間表情を硬くした。だがそれも一瞬のことで、そのあとすぐに、

「入っておいで、めぐみ」

と、ドアの外に手招きした。

開いたドアから赤ん坊を抱いた小柄な女が顔を出した。極端に髪を短くした、子どもっぽい顔つきだ。どことなく野本奈々に似ているなと思ったが、それよりずっと幼く見える。美奈は、ちらっと上目で女を見た。ほんの一瞬のことで、あとは知らん顔をしている。少しホッとした。キリコも小さく息を吐いた。

良英たちはカウンターのすぐ前の席に腰掛け、アイスコーヒーを注文した。良英は多少ソワソワしていたが、表面上は健気に平静をよそおっている。美奈の落ち着き払った姿との対比が笑えたが、それを顔に出すわけにはいかない。

「めぐみ、です」

良英は女を紹介した。赤ん坊を抱いたまま女は笑って会釈する。

「この人もペンギンの飼育員?」

「いいえ、名古屋の水族館でアシカの世話をしてました」

女は目を細めて笑い、

「日田がいつもお世話になっています」

と続けた。その笑顔にこれぽっちもかげりはなかった。今この瞬間がいわゆる修羅場であることなど微塵(みじん)も知らないのだ。そう考えるとハラハラする。

子どもの名前を問うと、良英は、

「男の子なんでヒデヨシにしようと思ったんですけど、あんまり大そうなのでヒデトにしました。英語の英に、飛翔の翔です」

と、赤ん坊の頬を二、三度なでた。

その様子を眺めながらも、美奈のことが気になってしょうがない。

美奈はやっぱり良英など見向きもしない。良英はというと、時々入り口の壁に掛けられた時計を見るフリをして美奈を盗み見している。気になるのだろう。自分から仕組んでおいてアカンタレなやっちゃと思った。どうする気なんだろ? 何事もなく終わるのか。良英の瞳には落ち着きのなさがモロに出ている。だが、妻はそれに全く気づかない。目をさました赤ん坊をあやすのに一生懸命だ。

――良英は十五分ぐらい延々と身の上話をした。美奈は聞いていないフリをしてはいるが、その実、聞き耳をたてているのが分かる。緊張感がないのは妻のめぐみだけだ。そう思うと彼女が村八分のようで少々哀れさを感じたが、まあ、それでいいのだ。かかわらずに過ぎてゆくのが幸せなのだ。

良英の妻がトイレに立った時、良英は訪れた静けさに耐えられない様子で、ちらりと美奈を見た。二人の目が合った。

息を止めて二人に視線を注ぐ。キリコは二人を交互に見比べている。

二人は数秒間じっと見つめ合っていたが、美奈が唐突にニィーッと笑ったのだ。

「どこでも飛んでっちまえ、クソ野郎」

小声だったがハッキリと聞こえた。キリコと二人呆然と美奈の顔を見ていた。良英もポカアと口を開いていたが、子どもを抱いたまま、急に慌てふためいて、口の中でモゴモゴと、「ごめん」と言った。まったくマヌケな構図そのものだ。

めぐみがトイレから帰ってきた時、美奈は再び知らん顔で外を見ていた。

「そろそろおいとましましょうか?」

めぐみが言い、うん、と良英が立ち上がった。それから二人はレジの所へ歩いていった。

レジは美奈の目の前にある――。

良英が気もそぞろにレジの前に立つ。そのうしろ姿を美奈はじっと見ていた。

良英の隣に立っためぐみの腕の中で、赤子が急に泣き出した。まるで癇癪を起したみたいに。めぐみがあやしたが子どもは全然泣き止む気配がない。

「帰るのが嫌なのかなあ」

めぐみがつぶやいた時、美奈がスッと立ち上がった。そして二人に近づいてゆく。

ハッとしてキリコのレジ打ちの手が止まる。良英が何事かと振り向く。

「ちょっと私にかして下さい」

予想もしていなかった言葉に、良英もキリコも固まっている。もちろん自分もだが……。

めぐみは短い間逡巡したが、黙って赤ん坊を美奈の腕に乗せた。おそるおそるだったが。

美奈とめぐみ以外の三人の時間は無限大に停止してしまったみたいだ。

美奈は赤子を軽々と胸に抱くと、リズムを取ってあやし始めた。母親であるかのように。

「ちっちゃいですねェー。ちっちゃいペンギンさんでしゅネー。でも、重たいんですよー」

赤子に向かって話しかけ、両手でユラユラと揺らす。そして顔を覗き込みパッと笑った。

「よく泣きましゅネー。ペンギンちゃんでも笑うのにネー。何か悲しいことあったのかなぁー？　とってもとっても悲しいのかなかァー？　でもねえ、これから楽しいコトもあるんでしゅヨー。だから泣くのやめようネー。ペンギンちゃんも笑うんだヨー」

するとﾞ、赤ん坊はピタリと泣きやんだのだ。彼女はそのまま赤子を揺らし続ける。

「泣いちゃだめでしゅヨー。笑おうネー。なくなる命もあれば、生まれる命もあるんでしゅネー、不思議でちゅネー。これが命の重さなんでしゅネー」

赤子に向かって話しかけながら、美奈は小気味よくリズムを取って揺らす。

「いい子だねえー。ほうら、アカンベー。どこかの水族館のアザラシみたいですよー」

美奈はペロッと舌を出して、不意に顔を良英に向けた。目にはいっぱい涙が溜まって、それが一粒だけポロリとこぼれた。

良英は立ち尽くしている。めぐみは気づかない。美奈はすぐに下を向いた。

「おばちゃん、今日大事な人を亡くしたんですヨー。お葬式だったたんですヨー」

キリコの瞳は潤んでいた。彼女はすばやくエプロンで目頭をぬぐった。

赤子は泣き止んだ。今は美奈の胸で静かに眠っている——。

「寝ちゃったよ」

美奈はそう言って笑うと、そうっとそうっと赤子をめぐみの腕に返した。赤子に気を取られて、やっぱりめぐみは美奈の涙に気づかなかった。美奈はめぐみがうしろを向いた一瞬の隙に良英の方に向き直り、口の形だけで

「バーカ」と言ったのだ。

良英はただ立ち尽くしているだけだった。本当にバカのように立ち尽くしているだけだった——。

「すごいですね。ありがとうございます」

めぐみの言葉に、美奈は、

「いいえ、こちらこそ」

と、深々と頭を下げるのだった。

——二人が店を出ていったあと、ドアの外の歩道で、「雨、上がったねー」とめぐみの声がした。遅いセミの声が小さく聞こえる。

美奈は窓の外に目を移し、雲間からのぞく薄陽をしばらく眺めていた。

「私も帰ろっかな」

彼女はバッグをひょいと肩に掛け、静かに立ち上がる。

「どうなることかと思ったよ」

正直に言ったら、

「大人になったんだ、私」

と、ふっ切れたように笑う。

「マスター、その人大事にして下さいね。分かるんだ、私――。二人はちゃんと呼び合ってる。二人の距離はゼロだよ」

いきなり言われて、えっ?と驚いていたら、美奈はまたニィーッと笑い、「じゃあお幸せにね。また来ます」と、ドアを開けて出ていくのだった。

あとにはドアの鈴がチリチリと揺れているばかり――。キリコは黙ってテーブルを片付けている。

「疲れたねえ、キリちゃん」

照れ隠しもあってそう話しかけたら、彼女はシレッとして、

「ペンギン、飛んでっちゃいましたよ。シルクの紐といっしょに――」

と言った。

「ペンギン?良英の肩のやつ?」

「うん。美奈さんが頭を下げた瞬間、パァッと飛んでいきました」

「キリちゃんが紐ほどいたおかげ?」

彼女は顔をあげ、「さあ」と宙を見つめる。

「でもさあ、伯母さんのお葬式の日と重なるなんて偶然やったね」

そう言ったら、キリコはちょこっと首をかしげてこっちを見た。

「そう思います？ 友引だよ、今日は」

へっ？とカレンダーを見たら、確かに友引と書かれている。ポカンとキリコの顔を見た。

「ニブイですね。女心に」

彼女はそうひとこと言い放ち、これまたニィーッと笑うのだった——。


その日以来、キリコが何かを見る回数は極端に減った。あそこが痛い、ここが痛いと、店にやってくる人もあったが、キリコがそれらの人を治療をすることもほとんどなかった。そして彼女はびっくりするほど若返って見えた。それはキリコ自身も感じているらしく、どうしてかなあとしきりに首をひねっている。

「今までの苦労をみんな吐き出したんだ。しなくてもいい苦労まで背負ってたから」

「そうなのかなあ」

「全部捨てる日が来たんや」

——キリコは何も言わない。ただグズグズと鼻を鳴らすのだった。


十月最初の月曜日。店は休みだ。抜けるような青空がどこまでも広がっている。

その日、二人で伊勢湾フェリーに乗った。別にどこに行こうというあてはなかった。ただ二人で乗りたかっただけだ。

客室には入らず、ずっと後部デッキのベンチに寄り添って腰を降ろしていた。キリコは膝の上にダンボール箱を抱えている。例の、さまざまな人の、さまざまなものが詰まった箱だ。

キリコの髪は夏の頃よりだいぶ伸びた。それが強い北西の風に吹き払われている。彼女は何もしゃべらず遠ざかる鳥羽の街を見つめている。静かな澄んだまなざしだ。

彼女は何もしゃべらない。黙ったまま風に吹かれている。

船が答志島を過ぎるあたりまで来た時、彼女はそっと手を握ってきた。

「いっしょに来て下さい」

二人、立ち上がって手すりの所まで歩いてゆく。キリコは段ボール箱のフタを開けた。フタがバタバタと風に煽られる。

キリコはしばらく海を見つめていた。そしてそれから思い切ったみたいに箱の中に右手を突っ込み、

「カメ飛んでけえ。ヘビ飛んでけえ、モヤモヤ飛んでけえ！」

と叫びながら、見えない物たちを、次々と空に向かって放り投げたのだった。そのたびに髪が乱れ、切れ切れに澄み渡った秋陽をきらめかせた。それは五分ぐらい続いた——。

三十個以上のあらゆる物を投げ終えたキリコは、肩を大きく上下させて呼吸(いき)をしている。

ふと見ると、箱の中には一つだけポツンと油ゼミの亡骸(なきがら)が残っていた。

「これは何? キリちゃん」

キリコは前髪を左手で撫でつけている。

「美奈さんと日田さんが店に来た日の夕方に裏庭の石段で死んでたんです。セミってさあ、必ずあお向けになって死ぬんです。力尽きて体が支えられないの。死んでゆく時も青空さえ見られない。それって、あんまりじゃないですか。だから――」

彼女はそう言うと、臆する様子などこれっぽっちも見せずにセミの死骸を指で摑み、

「セミ飛んでいけえ! ペンギン飛んでいけえ! 青空のあっちまで飛んでいけえ!」

と、声の限りに叫び、海に投げた。

セミは、クルクル回りながら落ち、やがて白い航跡に吸い込まれて波間に見えなくなった。

キリコの頬は薄紅く上気し、若々しさに満ちていた。彼女ははるかに遠い日月(じつげつ)をその掌の中に再び握りしめている。もう彼女の眩(まぶ)しい朝が黄昏ていくことは二度とないだろう。そう思った時、初めてキリコを力いっぱい抱きしめることができたのだった。

キリコの髪から、ふと、レモンの匂いがした。

「キリちゃん、レモン……」

言いかけるのをさえぎるみたいに、彼女は笑いながら空の一角を指さすのだった。

見上げると、はてしない高みから、一本の透明なきらめく青い紐が、今まさに二人向かって舞い降りてくるところだった——。

[著者略歴]
藤原伸久（ふじわら・のぶひさ）
伊勢市在住。小説家、釣師、ついでに教師。
三重県文学新人賞、同奨励賞受賞。令和元年度中部
ペンクラブ賞受賞。中部ペンクラブ会員。「文宴」
同人。地元劇団にも所属し、各方面で活動中。
著書『雲を掴む』（風媒社、2021年）

装幀◎楠 麻耶

星ひとつ

2024年6月30日　第1刷発行　（定価はカバーに表示してあります）

著　者　　藤原　伸久

発行者　　山口　章

発行所　名古屋市中区大須 1-16-29
振替 00880-5-5616 電話 052-218-7808　風媒社
http://www.fubaisha.com/

＊印刷・製本／モリモト印刷　乱丁本・落丁本はお取り替えいたします。

ISBN978-4-8331-2123-1